Y

2002

Ye

Y

LES EAUX

DE

PLOMBIÈRES.

POËME,

SUIVI DE NOTES ET DE POÉSIES FUGITIVES.

Par S. F. F.***

MONTBÉLIARD,
DE L'IMPRIMERIE DE DECKHERR.
1823.

La gravure doit représenter l'intérieur d'un bain ; on peut
y figurer des colonnes, des cuves éparses, un bassin rempli
de malades, des vêtemens dispersés, et l'animer par des
personnages baignant et non Laignant. La vue principale
doit être celle d'un malade assis dans une cuve, et à qui
une jeune fille verse l'eau thermale. Le malade doit regarder
cette jeune fille avec complaisance pour exprimer l'idée de
ces vers tirés du poëme et qu'on doit lire au bas du tableau ;

> » Une soubrette, infidèle à Diane,
> En vous lorgnant vous verse la tisanne
> Et vous distrait par son joli minois. »

LES EAUX

DE

PLOMBIÈRES. (1)

PREMIÈRE SAISON. (a)

J'AI quelquefois, pour occuper mes veilles
Conçu des vers qui brillaient un instant.
Non pas que j'aie enfanté des merveilles ;
Mais dans le nombre il en était pourtant
Qui méritaient une place au Mercure.
Content, j'ai fui l'éloge ou la censure
Et d'un critique et d'un adulateur.
A mon avis, c'est assez qu'un Poëme
Qui du public attend quelque faveur,
S'il ne l'obtient, puisse plaire à l'auteur ;
Des gouts d'autrui c'est se venger soi-même !
Oui, quelquefois j'ai redit les désirs
Et des Amans et des jeunes Bergères,

(a) On appelle *saison*, à Plombières, un tems plus ou
moins long, pendant lequel on se livre aux exercices du
bain ; ce tems est ordinairement de trois semaines ; plusieurs
personnes passent deux et même trois saisons à Plombières.

Leurs doux transports, leurs peines passagères,
Qui tout compté, valent bien les plaisirs.
J'ose à présent d'une Nymphe timide
Chanter la gloire et les nombreux bienfaits ;
Elle promène une eau tiède et limpide
Dans un vallon d'un romantique accès. (2)
Errant jadis dans des lieux solitaires,
Elle vivait sans culte et sans honneurs,
Aucun Poëte, en visitant Plombières,
N'avait pour elle invoqué les neuf sœurs.
Et cependant ces Déesses habiles
A des ingrats et volages auteurs
Ont inspiré des vers purs et faciles.

Sexe enchanteur, ô vous qui tous les ans
Venez puiser à cette eau salutaire
Un doux remède à vos soucis cuisans,
Je vous suivrai dans la jeune bruyère,
Sur ces côteaux, dans ces valons charmans,
Où vous allez caressant l'immortelle
Qui de son urne épanche les présens ;
Peut-être alors pourrai-je dans mes chants
Dire des vers dignes de vous et d'elle !

L'homme, a-t-on dit, est un sot animal ;
Hélas ! pourquoi par un destin fatal
Est-il sujet à tant de maladies,
Catharres, toux, fièvres, hémiplégies

Engorgemens, rhumatismes, douleurs
De toute espèce et de toutes couleurs ? (a)
L'enfant déja sur le sein de sa mère
Verse des pleurs quoiqu'il ait son amour.
Gémirait-il en voyant la lumière
De tout le mal qu'il doit souffrir un jour ?
Avant douze ans on veut en faire un homme.
Cahiers, compas, rudimens, parchemins,
Tout à-la-fois le rebute et l'assomme ;
C'est un sujet qu'on forme pour les bains !
Adolescent en projets il s'épuise ;
L'amour le livre à de nouveaux penchans,
Mais tous les maux que l'âge lui déguise
Reparaîtront après quelques instans.
Les passions assiègent sa jeunesse,
Changeant d'objet pour renaître sans cesse.
L'ambition, sombre et cruel tyran,
L'ennui, le jeu, l'impitoyable envie
Qui dans son cœur pénètre plus avant,
Bientôt de l'homme ont fait une momie.
Plus de santé : son débile cerveau
Grossit encor ses maux et ses souffrances,
Son estomac ne vit que d'ordonnances,

(a) Telles que la fièvre jaune, la fièvre scarlatine, la
rougeole, la jaunisse, les pales couleurs et le fluor albus.

Il se rendait toujours à tems préfix
Et s'abreuvait de ses eaux salutaires;
Chaque malade en buvait à pleins verres.
D'un chêne antique ombragée autrefois
L'eau de la croix s'échappait en silence,
On respectait sa noble indépendance.
Nymphe modeste et sensible à-la-fois,
A ses côtés habitait l'espérance,
Et la santé revenait à sa voix.
Depuis ce tems sur cette aimable rive
On enchaîna la Nymphe fugitive;
Mais sa vertu n'a pa' dégénéré.
Aux malheureux, à la douleur plaintive
Elle offre encore un remède assuré.

    Près d'un Couvent où jadis l'opulence (6)
Entretenait la pieuse ignorance
Des sectateurs du bienheureux François;
S'élève un bain d'où jaillit une eau claire
Et qu'à construit le plus aimé des Rois.
Là vous voyez sous une règle austère,
Comme jadis dans un vieux Monastère,
Goutteux, perclus, boiteux, et cætera,
Baigner ensemble à qui se guérira.
A leur régime, à leur teint pâle et blême,
A leur langueur, à leurs os décharnés,
Il semblerait qu'un éternel carême

Condamne à l'eau tous ces infortunés.
Bien différens, dans leur maigreur extrême,
De ces mortels surchargés d'embonpoint,
Qui mangent bien et qui ne baignent point.
Il est pourtant des maux imaginaires
Logés, nourris dans des cerveaux félés,
Que l'eau des bains n'a pas désopilés
Et qui toujours assiégeront Plombières.
    Du grand bassin tout éloigne l'ennui. (7)
C'est ce bassin qu'on préfère aujourd'hui.
La gent malade y descend et s'y plonge;
Que fait-on seul on fond d'une *ballonge* ?
On n'y dit point de chansons, de bons mots;
On est moins bien, moins joyeux, moins dispos.
On n'y voit pas la nayade captive
Y caresser une beauté craintive;
On n'y voit rien : seulement quelquefois
Une soubrette infidèle à Diane,
En vous lorgnant vous verse la tisanne
Et vous distrait par son joli minois.
D'autres enfin en dépit de la vogue,
Épouvantés du plaisir et du bruit,
Seuls et pensifs en un sombre réduit
Sont occupés d'un Roman, d'une Eclogue
Plus que du soin de baigner avec fruit.
Lorsque le bain aidé de la nature

Atteint le mal et dans leur source impure
A des humeurs produit la coction ,
Joignez au bain la douche et la boisson.
L'Etuve aussi peut completter la cure.
Buvez: surtout étudiez les eaux ;
L'une à sa source est plus fraîche et plus vive,
L'autre plus chaude et par là plus active
Fournit au sang des principes nouveaux ;
Chacune enfin est bonne à d'autres maux : (8)
La douche encore opère des miracles ; (9)
Douchés ; bientôt cesseront les obstacles
Qui s'opposaient à la fonte du mal.
Entre quatre ais l'eau captive et gênée
Par son poids seul dans sa chûte entraînée,
Traverse à l'aise un tube de métal ,
Et pénétrant la fibre cutanée,
En rend le jeu plus libre et plus égal.
A volonté dirigeant la colonne ,
Le patient attaque avec chaleur
La maladie ; elle pâlit, frissonne,
Puis se soumet à la loi du vainqueur.
Si la cruelle est par trop aguerrie,
Ou si le mal à vous nuire acharné
Prend à vos yeux un air de pharmacie,
Prescrivez-lui quelques gros de séné.
Mais avant tout connaissez bien la cause

De la douleur qui tant vous fait souffrir;
Réfléchissez au remède, à sa dose,
Et puis enfin seul n'allez pas mourir.
Les Médecins sont bons à quelque chose!
J'en connais un musqué, poudré, frisé,
Un peu pédant et cherchant fort à plaire,
Le cœur, dit-on, est chez lui mal placé,
C'est un défaut qui n'est pas volontaire.
A ses talens donnant jadis essor,
On en eut fait un habile architecte,
Mais Médecin sa science est suspecte,
Et sa conduite est plus suspecte encor.
Choisissez mieux l'empirique Esculape (10)
Qui doit chez vous ramener la santé;
Et dussiez-vous dans l'infernale trape
Par son savoir être bientôt jeté,
Qu'il trouve en vous de la docilité!
S'il vous prescrit au sortir de la cuve
La promenade ou la douche, ou l'étuve,
Il a sans doute observé vos besoins,
Et vous devez apprécier ses soins.
Il vous dira: — « C'est pour des maux rebelles
» Qu'on doit user de moyens violens,
» Si pour venir le mal trouve des ailes,
» Pour s'en aller il se traîne à pas lents.
» Voyez combien l'Etuve est nécessaire

» Pour provoquer d'abondantes sueurs ;
» N'en craignez pas un effet délétère,
» Les meilleurs bains sont les bains de vape
» Redoutez-vous, pour amollir la fibre,
» Le thé, le lit, les poudres de Dower ?
» Dans les humeurs, pour garder l'équilibr
» Plus d'un malade affronterait l'enfer. » (1
Non, cet enfer que la Mythologie
Nous a dépeint sous des traits odieux,
Comme un moyen inventé par les Dieux
Pour tourmenter le méchant et l'impie ;
Mais un enfer où l'on peut par degrés
Guérir les maux les plus invétérés ;
Où nul objet ne cause d'épouvante ;
Où la vapeur d'une eau claire et bouillante
S'insinuant dans les pores ouverts,
Purge la peau d'engorgemens divers.
Là ne sont point de hideuses furies,
De noir Cerbère et de sales harpies,
De fouets vengeurs, de breuvages amers ;
Mais tous les ans quelques Nymphes jolies
Pour ranimer certains membres perclus,
Vont dans ces lieux offrir leurs charmes nuds
Examinez, voyez tout par vous-même.
Puisque l'Etuve est un remède extrême,
N'y descendez qu'avec précaution,

Ne faites rien sans modération.
Tout est au mieux si le bien-être augmente ;
Si la douleur devient plus véhémente
Cessez le bain, la douche, la boisson,
Puis en repos terminez la saison.
Sur son état l'homme qui s'inquiète
Double son mal, le rend plus sérieux,
La mort approche et le Curé s'apprête,
Toujours charmant, toujours officieux.
 Le mal, dit-on, touche au berceau du monde ;
Il fut placé près de l'homme naissant.
Du Dieu du ciel la sagesse profonde
Le créa bon, faible, infirme, souffrant ;
Mais dans sa plaie il peut porter la sonde
Et se guérir d'un malheureux penchant.
L'antiquité nous broda, dans un conte,
Et la naissance et les progrès du mal ;
Je pourrais bien, si je vous les raconte,
Ternir les traits d'un vieil original.
Pour se venger d'un mortel téméraire, (12)
Las de lancer ses foudroyans carreaux,
Jupin un jour tout ivre de colère,
Dans une boëte enferma mille maux.
Puis à Pandore, habile messagère,
Il confia ce funeste présent,
Digne d'un Dieu ridicule et méchant.

Le mal alors étranger sur la terre
Fuyait le jour, le monde, la clarté;
Il habitait quelque sombre repaire,
Digne séjour d'un monstre détesté.
Par une main avide et mercenaire
Le sol jamais n'était sollicité;
Seul, il offrait un tribut volontaire,
Signe certain de sa fécondité.
L'homme surtout était si débonnaire,
L'amour si franc, l'amitié si sincère,
Qu'on ne rêvait que de félicité.
Jupin épris des charmes de Pandore
Et la pressant de ses bras amoureux,
Lui dit : « Allez, cher objet que j'adore,
» Et vengez-moi d'un mortel odieux.
» Vous obtiendrez, pour prix de votre zèle,
» Et mes faveurs et l'hommage des Dieux;
» Un plaisir pur, une vie immortelle,
» Que feriez-vous, absente de ces lieux ?
» Le mal existe, et l'homme qui l'ignore,
» Bravant déja les Dieux et leur courroux,
» Un jour peut-être osera-t-il encore
» Nous menacer et s'égaler à nous.
» A Prométhée offrez donc cette boëte,
» Il l'ouvrira; cet homme audacieux
» Verra des maux l'essaim contagieux

» Et paira cher une vue indiscrète :
» De Jupiter telle est la volonté. »
L'autre répond : Je vais en diligence
A Prométhée apporter cette engeance,
Doux souvenir d'une Divinité.
Pandore arrive et le mal avec elle.
L'homme la voit, et d'un œil curieux
Examinant le présent et la belle,
Incontinent ressent les mêmes feux
Dont se pâmait la petite infidèle,
Puis sans façon l'étend d'un bras nerveux
Sur un beau lit de mousse et d'éternelle.
Elle criait : mais d'un ton radouci,
Ce n'est pas là ce qui m'amène ici,
Lui dit Pandore ; acceptez cet hommage,
C'est un cadeau que vous destine un Dieu ;
J'ai bien voulu me charger du message,
Vous voir, vous plaire, et vous parler un peu.
Lors Prométhée entr'ouvre avec mystère
La boîte, objet d'un injuste colère.
Le mal en sort avec rapidité.
L'air un instant qui cessa d'être libre
Et qui dabord reprend son équilibre,
A moins de force et de vivacité.
Le mal à peine eut fixé la lumière
Qu'il enfanta la chicane, la guerre,

Les passions et la duplicité.
Dès lors ce monstre impur et sanguinaire
Dans les palais et sous l'humble chaumière
Habite encore avec sécurité.
Mais l'Espérance est toujours à sa suite,
Aux malheureux prête à tendre la main;
De nos tourmens quand verrons-nous la fin?
Consolez-vous, leur dit-elle bien vîte,
Vous la verrez, et peut-être demain.
Le désespoir seul en doute, et soudain
L'œil égaré, dans le sombre Cocyte
Comme un torrent fond et se précipite,
Sans se flatter d'un plus heureux destin.

LES EAUX
DE PLOMBIÈRES.

DEUXIÈME SAISON.

Toi qui de l'homme adoucis la souffrance,
Qui par degrés ramenant la santé
Des malheureux couronnes l'espérance ;
Qui, mariant la douce bienfaisance
Aux attributs de ta divinité,
A l'homme encor fais chérir l'existence,
Je te devais de la reconnaissance !
Nymphe, une fois, riche de tes bienfaits,
J'irai revoir ton humide palais,
Et dans les jours de ma convalescence
Je chanterai les heureux que tu fais.
Là, plus content, de tes métamorphoses, (1)
En curieux j'étudierai les causes ;
Là j'apprendrai si de brulans fourneaux
Sans conducteurs, sans soufflets, sans cratère
Sont allumés dans le sein de la terre
Pour graduer la chaleur de tes eaux ;

Ou si ce sont des mélanges chimiques
Qui préparés sous tes rocs granitiques,
Font tout le prix de tes heureux ruisseaux.
Je le sais bien ; les Celtes nos ancêtres (2)
Les fiers Gaulois, les belliqueux Romains
Vinrent long-tems sous tes grottes champêtres
Te visiter, Nymphe aimable des bains !
De tes bienfaits, image symbolique,
Ils te rendaient un culte tout magique,
Ils l'entouraient d'attributs tout divins.
Qui plus que toi méritait mon hommage?
Le noir chagrin avait flétri mon cœur,
La maladie à l'air pâle et rêveur,
Sur tous mes traits imprimait son image,
Je périssais : tel un jeune arbrisseau
Battu, cassé, par les vents et l'orage,
Conserve à peine un fragile rameau.
Mais une fois trompant mes rêveries
Et voltigeant sur les rives fleuries
Qui de l'Eaugronne embellissent le cours,
Je m'avançais par les rians détours
Où le plaisir, dans d'aimables parties,
Va quelquefois égarer les amours.
Sortant alors des prochaines lianes
Tu m'apparus sous les traits diaphanes
D'une beauté dont le teint vif et pur

Est émaillé de nuances d'azur.
Et tu me dis : « Ecarte la mémoire
» De tes chagrins, de tes sombres douleurs,
» Sois tout entier occupé de ma gloire,
» Ou sous mes pas sème au moins quelques fleurs.
» J'ai vu souvent dans les lieux que j'habite
» Maints troubadours, maints illustres ingrats,
» Tous connaissaient ma vertu, mon mérite,
» Hélas ! leurs chants ne me connaissaient pas.
» Naguère encore un immortel Poëte, (3)
» Voltaire enfin, puisqu'il faut le nommer,
» Dans ses beaux ans visitant ma retraite,
» D'un fade encens osa me parfumer.
» Que lui faisaient les montagnes chenues,
» Les noirs rochers, sous un ciel pluvieux,
» L'étranglement et la crotte des rues
» Qui de tout tems ont attristé ces lieux ?
» De vieux haillons déparent une belle :
» Déparent-ils quand on fait des heureux,
» Quand on est Nymphe et surtout immortelle?
» Plus tard enfin j'ai reconnu Boufflers (4)
» A son esprit, ses chansons et ses vers.
» Boufflers proné, fameux à juste titre,
» Et sur ces bord rêvant au *libre arbitre*,
» Quand cent beautés me répétaient ses airs,
» N'a pas daigné m'adresser une Epître.

» Pour me tirer de ce fatal oubli,
» De Mollevaut je briguai le suffrage ; (5)
» Vois le quatrain dont il me fit hommage,
» C'est peu pour moi, c'était trop peu pour lui.
» Envain j'irais au milieu des Poëtes,
» De mes bienfaits chercher des interprêtes ;
» Tous m'ont promis un retour généreux,
» Tous oubliant ce que je fis pour eux
» Et dans le monde emportant l'espérance,
» Sur moi gardaient un criminel silence.
» J'ai vu Pellet modulant des accords,
» Qui d'Amphion surpassaient le langage,
» Venir suspendre aux saules du rivage
» Sa lyre, objet des plus nobles transports.
» Ainsi que moi, fille de la Moselle,
» Et comme moi, séduisante, immortelle,
» Du moins sa Muse eut enchanté ces bords. » (6)
La Nymphe dit et changea de figure ;
Puis se glissant au milieu des roseaux,
Je crus entendre, avec un doux murmure,
Ces noms connus : Montbrison !.. de Vannos !.. (7)
    On dit, un jour que l'Eau-gronne en furie
Comme un torrent précipitait ses eaux, (8)
Et que Plombière entre ses deux côteaux
Sous ses débris roulait anéantie.
De toutes parts l'image de la mort

S'offrait aux yeux, et ce récent déluge
Aux habitans n'offrait aucun refuge
Pour échapper à leur malheureux sort.
Tous, cependant, dans la forêt prochaine,
Dans les hameaux qui dominent la plaine,
Nouveaux chalets dispersés sur ces monts;
Sous les rochers, à l'abri des vieux troncs,
Cherchaient, trouvaient un salutaire azile.
Le baigneur même en ces lieux, étranger
Oubliait tout dans le commun danger
Et s'enfuyait plus leste et plus agile.
Qui serait calme en un deuil aussi grand?
Quand l'avenir éclairant le présent
Laissera voir les maisons renversées,
L'espoir déçu, les hardes dispersées,
Qui soutiendra ce spectacle effrayant?
Tel on nous peint les horribles ravages
Causés jadis par des hordes sauvages,
Ayant pour chef un cruel conquérant.
Ce chef au loin répandant l'épouvante,
Voit sous ses yeux le vaincu massacré,
Il détruit tout, et sa hache sanglante
Ne connaît rien qui doive être sacré.
Mais quand un Roi chéri par sa clémence
A la bonté joint la munificence,
Tous ses sujets heureux et satisfaits,

Long-tems encor répètent ses bienfaits ;
Les monumens qu'il laissa de sa gloire
Lui survivront respectés par le tems,
Et c'est pour lui que Clio dans l'histoire
Fera parler les cœurs reconnaissans.
De Stanislas, ainsi la renommée
A consacré le touchant souvenir,
Et dans son cours sous la verte ramée
Incessamment la Nayade charmée
De ses travaux aime à s'entretenir.
D'abord qu'il sut le malheur de Plombière,
Qu'il vit ses bains, ses monumens détruits,
Ce Prince heureux du bien qu'il pouvait faire
Répara tout secondé par Louis. (9)
La ville alors eut des quais, des arcades,
Des ponts, des bains, de vastes promenades
Ou le platane et le sombre tilleul
Diront long-tems son désastre et son deuil.
Plombière enfin vit s'aligner ses rues
Et s'embellir ses longues avenues.
Elle évita des ruisseaux le conflit
Et resserra l'Eau-gronne dans son lit ;
On découvrit des sources souterraines,
On vit jaillir de salubres fontaines,
Toutes calmaient le malade agité,
Puis à longs flots lui versaient la santé.

Avec ardeur franchissez les montagnes ;
Incontinent s'offriront à vos yeux ,
De beaux vallons, de fertiles campagnes ,
Et mieux encore un peuple industrieux.
Qui n'a pas vu la riante feuillée , (10)
Le val d'Ajou, ses sîtes gracieux ,
Sans s'arrêter quelque tems dans ces lieux,
L'esprit content et l'ame émerveillée ?
Messieurs Fleurot dans ce charmant vallon (11)
Par leurs bienfaits ont illustré leur nom.
De végétaux, de simples, d'aromates ,
En composant un baume précieux ,
Ils ont rendu , modestes hypocrates,
Leur vie utile et chère aux malheureux.
Là chaque objet allie avec mesure
Les traits de l'art à ceux de la nature.
J'aime surtout les filles de l'Ajou
Quand elles vont en ployant le genou
Cueillir gaiment ou la fraise ou la mure.
Mais d'autres fois m'égarant à dessein,
J'allais les voir dans le taillis voisin ,
Qui détachaient la noisette ou l'airelle
En fredonnant une chanson nouvelle.

Quand Syrius nous décoche ses traits ,
L'ombre et les bois ont de puissans attraits ;
On voit alors les baigneurs sous les hêtres (12)

A vos regards s'offriront les premières
Comme un objet de curiosité.
A la piscine interrogez leurs fastes,
Enquerrez-vous de la vertu des eaux !
Vous trouverez d'assez jolis contrastes
Dans les récits de ces peuples rivaux.
Bains vous dira les merveilleuses cures
Qui dans ses murs s'opèrent tous les jours ;
Qu'à ses bains seuls on doit avoir recours.
Las ! pour Luxeuil ce sont autant d'injures,
De jeux de mots, d'insipides discours ;
— Vos bains sont bons pour des égratignures ;
Les miens pour tout ; ils guériront toujours. —
Quand l'amour propre, enivré de louanges,
Se dit vainqueur et vous croit convaincus,
Pardonnez-lui ses sophismes étranges,
C'est l'intérêt qui parle à vos écus.
Et revenez lui répondre à Plombières,
En vous baignant dans ses eaux salutaires.
De tous côtés le plaisir vous attend :
D'étroits sentiers sur de vertes collines
Vous conduiront dans les *granges* voisines,
Et quelquefois chez le Père Vincent, (13)
Artiste habile et doué de talent.
Ses bois touffus et ses sources d'eau pure,
Son champ modique et son petit jardin,

Sa maisonnette, enfin sa vie obscure,
De ses besoins vous offrent la mesure.
Jadis Horace enviait ce destin !
Ainsi Rousseau se fut vêtu de bure,
Ne trouvant pas dans l'humaine Nature
Le vrai bonheur sous un tissu plus fin.
  Le ciel souvent parsemé de nuages,
Dans la vallée amène les orages,
Parfois les monts sont couverts de frimats ;
Au coin d'un feu rallumé par *Sœurette*
On peut alors prendre de doux ébats,
Voir sans frémir Eole et la tempête,
Jouïr enfin où le danger n'est pas. (14)
L'ennui vient-il ? on se cherche, on s'assemble,
On rit, on jase et l'on devise ensemble.
Le reversi, le piquet, le boston,
Vont occuper tous les coins du salon ;
Dois je nommer l'ombre, l'impériale,
Le jeu de dame à la marche inégale,
Des Allemands les éternels taros,
Et tous les jeux qui finissent en os ?
L'un aux échecs se morfond et s'applique ;
Son adversaire étourdi d'un beau *mat*,
Trouve le coup par trop soporifique,
Puis sans façon prend sa canne et s'en va.
Ces petits jeux, enfans de la paresse,

Dans tous les tems occupent nos loisirs,
Et c'est aux bains que surtout on s'empresse
A rechercher leurs frivoles plaisirs.
　　À tous ces jeux que la gaité préside !
Oui, fuyez ceux dont le hazard décide !
Qui va comptant ou la perte ou le gain,
Ne compte pas sur un plaisir certain.
Il n'en est plus quand l'intérêt nous guide.
N'imitez pas ce joueur intrépide
Qui, ne rêvant que jeux soir et matin,
Ne fait qu'un saut du lit jusqu'à la banque,
Qui tout confus lorsque l'argent lui manque,
Quitte à regret la banque pour le bain ;
Et qui toujours dupe d'un saltimbanque,
Perd en un jour ce qu'il gagna dans vingt.
Quoi donc ? enfin moraliste incommode,
J'irais fronder tous les jeux à la mode,
Puis au régime appeler les baigneurs ?
Loin, loin de moi ces gouts perturbateurs !
Mais il est bon qu'un malade s'observe,
Qu'il pense à soi comme je pense à lui ;
Or, c'est pourquoi je réprime ma verve,
Car *trop de vers amènent trop d'ennui.*

LES EAUX
DE PLOMBIÈRES.

TROISIÈME SAISON.

H! si l'ennui prête à la poésie
Et ses dégouts et sa monotonie,
Ses airs distraits, ses lugubres vapeurs,
N'en imputons la faute qu'aux rimeurs.
Fier de sa gloire et de son origine,
Cet art divin, d'une muse chagrine,
Dans tous les tems dédaigna les faveurs.
Sans doute aussi, téméraire poëte,
Criblé de manx, tourmenté de désirs,
Ai-je à l'ennui, de ma verve indiscrète
Sacrifié les coupables loisirs.
Mais si ces vers, enfilés sans méthode,
Pour mes lecteurs demeurent sans attraits,
Et si des bains je n'établis la mode,
Seul, après tout, j'en aurai fait les frais.
En deux saisons, sans filtres, sans panades, (1)
Sur le papier j'ai guéri mes malades,

J'ai dit leurs maux et par quel sûr moyen
Le patient peut espérer du bien,
Quels sont les jeux, les plaisirs qu'à Plombières
On doit aux soins des Nayades légères,
Mais je n'ai point épuisé mon sujet;
D'autres objets resteraient à décrire :
Je dois surtout à l'amour un sourire,
Mais un sourire innocent et discret;
Blesser l'amour est le fait d'un vampire,
Et je sais trop respecter son secret.

    Dans tous les tems l'eau chaude a fait fortune;
Athènes, Rome aimaient la propreté;
Et pris en bain l'élément de Neptune
A décrassé toute l'Antiquité.
Ils ne sont plus ces thermes magnifiques,
Qui des Romains attestaient la splendeur;
Ils ne sont plus ces superbes portiques,
Ce Colisée et ces temples antiques
Dont les débris décèlent la grandeur.
Chez les Romains tout fut noble et sublime;
(J'écris aux lieux où ce peuple a régné,)
Et cependant cette grande victime
N'a point péri pour avoir trop baigné.
Emule héureux de ces maîtres du monde,
Et dans les bains se décrassant comme eux,
En y laissant ce qu'il avait d'immonde,

Déja le Russe est devenu fameux ;
Il se durcit, il s'éprouve dans l'onde.
Son Empereur qu'illustra maints exploits,
Rétablira ses sujets dans leurs droits,
Le peuple l'aime, et content sous son règne,
Le Russe enfin se bat comme il se baigne.
Femmes, enfans, nobles, serfs ou vieillards,
Et le jeune homme, et la vierge pudique
En se mirant sous un même portique,
Ne craignent pas d'impudiques regards.
Tous sortent nuds d'un étuve publique :
Puis sans danger chaque baigneur s'en va
Tout en sueur plonger dans la Néva. (2)
A ce bain-là que le Russe s'escrime ;
Je suis frileux et certes je le crains ;
Mais sans pourtant condamner le régime
Qui plait si fort aux Hyperboréens.
Du chaud au froid par un brusque passage
J'aime à laisser courir un peuple entier ;
De ce remède il pourra faire usage ;
Je le crois bon, mais ne veux m'y fier.

Oui, oui, les bains, de la belle Aphrodite,
Ont dessiné les élégans contours ;
En les quittant la jeune Sulamite
Pour Salomon compassait ses atours ;
C'est dans les eaux que sont nés les Amours

Ainsi partout les bains sont salutaires.
Sous l'Équateur, sous les Zones pôlaires,
L'homme, l'enfant, le vieillard édenté,
Tous vont près d'eux recouvrer la santé.
Ainsi tout l'or entassé dans Golconde,
Alors qu'on souffre est moins utile au monde,
Moins précieux, que ne le sont les bains
Toujours ouverts aux malheureux humains. (3)
    Ah ! dans ces tems en discordes fertiles,
Où l'habitant des hameaux et des villes
Pour ses vertus sans cesse menacé,
Las du présent regrettait le passé,
Où des erreurs et des fautes légères,
Où le respect pour la foi de ses pères,
Étaient traités de crimes odieux,
Combien les bains ont été précieux !
Des longs dégouts dont s'abreuvait la vie,
Du poison lent de la mélancolie,
Ils ont peut-être adouci les effets
Et conservé quelques mille Français.
Venez, venez, accourez à Plombières,
Vous qui jadis de peines éphémères
Innocemment avez porté le faix,
Et tous des bains recueillez les bienfaits.
Vous que j'estime, Épouses pudibondes,
Vous que l'hymen n'a pu rendre fécondes,

Venez encore : informez-vous aux bains
De la vertu du trou des Capucins. (4)
Et vous Amans, qui cueillerez la rose
Sur l'églantier que produit ces côteaux,
Eh, dites-moi, si la moitié des maux
N'ont pas l'amour et ses peines pour cause.
Or soyez francs, car j'en sais quelque chose !
Examinez de ce jeune hébêté
Le teint, le port, l'humeur et la santé ;
Eh bien qu'a-t-il ? cet homme est hypocondre,
Dit le Docteur, il faudrait le refondre ;
Vit-on jamais pareil original ?
Dans l'univers il n'est rien qui le touche,
Un doux souris n'embellit plus sa bouche ;
Peine, plaisir, pour lui tout est égal.
Hélas ! Docteur, une beauté farouche
Par ses dédains a causé tout son mal.
Et ce goutteux, qui cheminant à peine,
N'a qu'un fauteuil ou qu'un lit pour arène,
Ne doit-il pas sa douleur au plaisir ?
A ce plaisir dont notre ame s'enivre,
A cet Amour dont l'âge nous délivre,
Et dont l'abus nous condamne à souffrir ?
Voyez ces maux dont la cause ignorée (5)
De notre vie abrège la durée ;
Le froid catarre, et la bruyante toux,

Les fluxions, l'incommode insomnie,
Et la gravelle et la paralysie
Chez nous toujours exacts au rendez-vous.
Je plains surtout cette beauté dolente
Qui dans son cœur couvant sa passion,
N'osa jamais du mal qui la tourmente
Même en riant articuler le nom ;
Autre Nina, dont les beaux yeux trahissent
Et les désirs et les feux qu'ils nourrissent. (6)
De ses pensers par des jeux tout nouveaux,
Heureux cent fois qui pourra la distraire !
Heureux cent fois si je pouvais lui plaire
En transformant mes récits en tableanx !
    Adèle était au printems de son âge,
Et la santé brillait sur son visage ;
De grands yeux bleus et des cheveux flottans,
Tous les attraits, de l'esprit, des talens,
Avec éclat embellissaient Adèle ;
C'étoit la rose ; oh ! c'était bien mieux qu'elle.
De l'avenir elle n'avait souci ;
Florval l'aimait, elle l'aimait aussi.
Combien de fois de ses lèvres avides
De son amante effleurant les attraits,
N'a-t-il pas lu dans des regards timides
Et son bonheur et ses premiers succès ?
Mais des Amans telle est la destinée :

Heureux un jour, malheureux une année;
Plus malheureux de-conserver toujours
Le souvenir de leurs chastes amours.
　En fait d'amour il n'est pas ordinaire
De contenter *tout le monde et son père.*
Celui d'Adèle aimait qu'on marchât droit;
Dans sa jeunesse il avait fait son Droit.
Pour cela donc il fit valoir près d'elle
L'autorité soi-disant paternelle,
La blamant fort d'une inclination
Qui n'avait pas reçu sa sanction.
Pour l'arracher à cet amour vulgaire,
Il eut recours à la grille, aux verroux,
Puis à l'aimable et jeune prisonnière
Riche barbon fut offert pour époux.
C'en était trop pour affliger Adèle;
Car après tout sera-t-elle fidèle
A son devoir ou bien à ses amours?
Un choix pareil embarrasse toujours.
L'Amour souvent plus que déraisonnable
De la folie emprunte les grelots;
Mais combien plus il paraîtrait coupable,
Si l'intérêt avait moins de défauts !
Vous eussiez vu cette Amante contrainte
De la douleur laisser percer l'empreinte
Dans tous ses traits; si que l'amant bourru

Qui connaissait des thermes la vertu,
Et qui craignait quelque mésavanture,
Voulut qu'Adèle essayat de la cure,
Et sans tarder fit usage des bains,
Promettant bien à sa chère future
De vaincre un jour son cœur et ses dédains.
A ce projet elle donna les mains.
Que fait Florval dans cette conjoncture?
D'un Esculape empruntant la figure,
Il part, il vole, il arrive, et soudain
Plombière a vu ce nouveau Médecin,
Fort satisfait de sa charge nouvelle.
Il comptait bien guérir le mal d'Adèle,
Et des gardiens attachés à ses pas
Accroître ainsi le trouble et l'embarras.
    Les rendez-vous sont fréquens à Plombières:
Le vieux barbon qui ne s'en doutait guères,
Laissa gaiment voyager ses Amours,
Et crut Florval oublié pour toujours.
Heureux Florval! oh, c'est vous qu'on préfère
Vous reverrez cette amante sincère.
Pour des absens le revoir est bien doux!
Ah! ménagez une douce surprise
A la beauté dont votre ame est éprise
Et tous les deux donnez tort aux jaloux.
C'est à l'amour que la ruse est permise

Fort à propos reléguée en ces lieux ;
Mais cependant sous une escorte sûre,
Adèle dut entreprendre sa cure
Comme le veut un usage ennuyeux.
Le Médecin fut appelé près d'elle,
Ce fut Florval comme vous pensez bien.
Parlez, Docteur, quel est le mal d'Adèle ?
Qu'en dites-vous ? — Ce mal, oh, ce n'est rien.
Je guérirai votre fille, Madame,
Et de ses jours je renoûrai la trame,
Je suis expert à guérir ces maux-là.
La jeune Adèle en entendant cela
Se contraignit, de crainte que sa mère
Dans ses regards n'apperçut du mystère,
Et n'éloignat l'amoureux Médecin.
Vons reviendrez, lui dit-elle, demain ;
Demain, sans doute, et pendant la semaine.
Oui, dit Florval, car le mal sera long,
Et j'emploirai, la chose est bien certaine,
A vous guérir au moins une saison.
Adèle ainsi, par sa persévérance,
De son amant nourrissait l'espérance.
Leurs doux propos et leurs filtres d'amour,
Tout semblait dire aux Nymphes d'alentour
Que ces amans, mus par la sympathie,
Avaient juré d'être unis pour la vie.
Bref, mes amis, ils le furent un jour.

Je n'irai point, écrivain incommode,
De faits nouveaux grossir cet Épisode,
Et de fadeurs ennuyer les *baignans*.
Il n'est aux bains que des tableaux mouvans :
Gens en santé, de tout rang, de tout age,
Gens éclopés de haut et bas parage,
Tous amoureux, mais tous ainsi que moi
Aimant surtout la Patrie et le Roi. (7)
Oui, quelque jour nous reverrons nos Princes
Par leur bienfaits raviver ces-Provinces,
Par leur présence embellir tous les lieux,
Et rendre enfin tous leurs sujets heureux.

Comme Florval, moi qui traçai ces lignes,
A la beauté j'ai du tous mes tourmens,
Pourtant l'amour et les eaux m'ont long-tems.
Rendu tous deux des services insignes.
(Suis-je indiscret ? je dis ce que je sens.)
Tous deux encore ont inspiré ma muse,
Tous deux enfin me serviront d'excuse
Si l'on me juge ainsi que je le crains :
Mais quoi, diront quelques esprits malins,
Laissons rimer, et démasquons la ruse ;
Il fait des vers pour retourner aux bains.

NOTES

DE LA PREMIÈRE SAISON.

---

(1) *Les Eaux de Plombières.*

Je ne connais pas de sujet plus propre à exercer l'imagination d'un Poëte, et cependant qui ait été jusqu'à présent plus négligé que celui que présentent les bains. La vertu attribuée aux eaux thermales, les guérisons qu'elles opèrent journellement, une réunion nombreuse et brillante de personnages différens, une association de caractères opposés, de maladies de toute espèce, un vif désir de se distraire et de s'amuser, tout cela peut produire des situations, faire naître des contrastes, amener des récits qui sont exclusivement du ressort de la poésie. Un Poëme sur les eaux où les personnages seraient mis en action, et où les descriptions ne seraient placées qu'en seconde ligne, offrirait sans doute plus d'intérêt qu'un poëme urement descriptif et didactique. S'il en existe ans ce genre qui joigne au mérite du stile, celui 'une narration animée ; je n'ai pas le bonheur de les onnaître. Avec plus de génie et de talent, j'aurais ssayé de donner à celui-ci la forme et l'intérêt dont était susceptible. Une épitre adressée à mon ami

D***, qui se trouvait à Plombières en 1811 , m'a suggéré l'idée d'étendre cette composition et de lui donner la forme d'un petit Poëme divisé dabord en deux saisons. Ce Poëme ne peut être intéressant que pour les personnes qui ont fréquenté les eaux de Plombières, ou pour celles qui s'y rendront à la suite. Elles y trouveront quelques descriptions imparfaites des lieux qu'elles auront visités, et le plaisir seulement qu'elles auront gouté ou qu'elles pourront gouter aux bains, prêtera quelque charme à la lecture qu'elles en feront. Je transcris ici en entier l'Épitre dont j'ai parlé, comme pouvant servir de prétexte à ce petit Poëme.

> En vous laissant sur le rivage
> D'un ingrat et sombre ruisseau, (a)
> Où la nature un peu sauvage
> Cache ses bienfaits dans une eau
> Dont le long et fréquent usage,
> Selon maint et maint témoignage,
> En rétablissant la santé,
> Rend à l'esprit sa liberté,
> Au corps sa force et son courage ;
> Je vous ai dit que mon pinceau
> En consacrerait la mémoire ;

(a) L'Eau-gronne, ruisseau très-chétif qui traverse Plombières.

Mais

Mais c'est peu du lustre nouveau
Que ma cure ajoute à sa gloire.
Les bains m'ont tout au plus guéri
D'une vaine et longue espérance.
Si près de vous par fois j'ai ri
De ma prompte convalescence,
J'étais dupe d'une apparence
Qui n'a point adouci mon mal,
Et la partie endolorée
De mon rhumatisme dorsal
Se trouve à tel point altérée,
Que ni les bains, ni l'eau sucrée
Ne la guériront de long-tems.
Au demeurant, j'espère encore :
Et lorsque les Zéphirs galans
Viendront à la suite de Flore
Orner les herbes de nos champs
Du bel émail qui les décore
A l'approche du doux printems,
J'en jure le pélérinage,
J'irai sur ce même rivage,
Dans ces lieux sombres et charmans
Où vous errez à l'avanture,
Recommencer, finir la cure
Dont j'espérais d'heureux instans.
Disciple zélé d'Epicure,
Je saurai régler sans murmure
Mes plaisirs d'après ma raison,

Et j'attendrai de la nature
Mon repos et ma guérison.
Enfin si la parque fatale,
En dépit des soins que je prens,
Et qui pis est de l'eau thermale
Que j'avalerai par torrens,
Veut une fois que je détale
De cet univers… je l'attends.
Quoiqu'il en soit je suis en vie ;
Devrais-je avoir la fantaisie
D'en prolonger le sentiment
Lorsque j'ai bu jusqu'à la lie
Un breuvage désespérant ?
L'amour d'une façon étrange
A voulu long-tems me bercer,
La fortune me traverser ;
Le mal n'est jamais sans mélange,
Et l'amitié seule me venge
Des affronts que j'en ai reçus.
Mais si mes projets sont déçus,
Si mon rhumatisme dérange
Tous les plans que j'avais conçus,
En ai-je plus d'inquiétude,
Plus de désirs, moins de repos ?
La sagesse jointe à l'étude
Me fera supporter des maux
Dont j'ai contracté l'habitude.
J'ai voulu vous désennuyer,

Mais enfin que vais-je vous dire ?
Les sons discordans de ma lyre
Sont-ils faits pour vous égayer ?
Je crois vous voir dans votre cuve
Entre deux ou trois impotens,
Qui tous ensemble fort contens
Et de la douche et de l'étuve,
Viennent à vous dès le matin
S'informer de l'effet du bain,
Et puis d'en dire grand' merveille ;
Malheureux, qui le lendemain
Sont plus éclopés que la veille !
Ne croyez pas que ce tableau
Soit un outrage à la nature,
Comme vous je haïs l'imposture ;
Et Plombières doit à son eau
Plus d'un miracle... on nous l'assure.
Bientôt vous en direz autant,
Du moins j'en accepte l'augure
Si je n'en puis être garant.
Que faites-vous pour vous distraire
Et pour échapper à l'ennui ?
Côte-à-côte d'une Bergère
Et sous le voile du mystère
L'amour vous sert-il en ami ?
Votre cœur, devenu sensible,
Aurait-il fait quelques progrès
Auprès de la belle invisible

Dont vous deviniez les attraits,
Même avant qu'il vous fut possible
De la contempler de plus près.
Craignez la coupe enchanteresse
Où l'amour épreint le poison
D'une longue et coupable ivresse!
On la boit avec allégresse,
Mais on y laisse sa raison.
Aux lieux où ce dieu vous vit naître
Revenez chercher le bonheur;
Vos parens, vos amis peut-être
Pourront suffire à votre cœur.
Sans y connaître l'opulence,
Le besoin ou la pauvreté,
Sans y bercer votre existence
D'une vaine célébrité,
Vous y vivrez avec aisance
Dans une douce obscurité;
Le Dieu qui veille à la santé
En a banni l'intempérance,
Et la plus franche liberté
S'y montre encore en assurance.
  Je sais qu'il est d'autres penchans
Que la vanité justifie;
En proie à la fougue des sens,
Aux premiers élans du génie,
L'homme croit que l'amour des champs
Naquit du dégout de la vie,

Et nargue la mélancolie
D'un philosophe de vingt ans.
L'ambition le tyrannise
A l'age des illusions,
Le bonheur pour lui se déguise
Sous le masque des passions,
Mais le sage fuit la méprise.
Et bornant ses prétentions
A jouir d'une paix profonde,
Il vit ainsi que ses ayeux,
Et sans regrets il meurt comme eux
Content de soi, mais non du monde.

(2) *Dans un vallon d'un romantique accés.*

Plombières est situé dans une vallée profonde au milieu des Vosges. Ses avenues sont escarpées et les sites environnans pittoresques et romantiques. Ses rochers et ses forêts offrent au Naturaliste une abondante moisson de plantes, de minerais et de pierres rares ailleurs. M.' Martinet ayant donné dans son traité des maladies chroniques une description topographique et statistique de Plombières et de ses environs, il est assez inutile de répéter ici ce qu'il en a dit.

(3) *Les bons effets et la vertu secrète.*

Les eaux de Plombières ont incontestablement, de l'avis des médecins et des chimistes, plus de vertu et d'efficace que celles des autres bains qui se trouvent dans les Vosges. Mais personne ne s'étonnera que cette vertu lui soit contestée par les villes voisines où il se trouve des bains. Ces villes ayant intérêt à soutenir la réputation de leurs eaux, et offrant d'ailleurs, sous d'autres rapports, des raisons d'être préférées, il ne nous appartient pas de décider qui d'entre elles mérite le choix des malades.

(4) *Au long traité du Docteur Martinet.*

Un bon ouvrage n'est jamais trop long. M.¹ Martinet, Médecin des eaux de Plombières pendant quinze ans, a été à portée de recueillir des observations précieuses, sur la propriété et les effets des eaux thermales. Ce sont ces observations consignées dans le traité dont nous parlons, qui rendent cet ouvrage autant recommandable que le Docteur Martinet était lui-même Médecin éclairé et bon observateur.

(5) *Auprès du Crucifix.*

La fontaine du Crucifix est située sous les Arcades en face de la principale rue de Plombières. Les malades font un grand usage de l'eau de cette fontaine. On la boit soit à la source avant de prendre le bain, soit dans le bain même. Avant que Stanislas ait fait construire le bâtiment appelé les Arcades, cette eau sourdait de terre au pied d'un vieux chêne qui, lors de l'érection de ce batiment, fit place à une fontaine surmontée d'une croix, ce qui a fait donner à cette source le nom de fontaine du Crucifix. On lit au-dessus une inscription latine et française qui rappelle aux malades la vertu de cette eau. Elle fait monter le thermomètre de Réaumur à 40 degrés.

(6) *Près d'un couvent où jadis l'opulence.*

Le couvent des capucins a été construit en l'année 1655 sous le pontificat d'Alexandre VII. Une plaque de Plomb trouvée sous le maître-autel de l'église lors de sa démolition en 1812, a conservé la mémoire de cette époque ainsi que les noms des personnes qui ont fourni aux frais de ce batiment. On y lit :
» D. Franciscus Duchène Plomberiensis piæ memoriæ,
» Doceldiensis ecclesiæ parochus, sacram hanc capu-
» cinam ædem in honorem sanctæ Barbaræ V. et M.
» testamentario fundavit legato. Legato, fundationem
» auxit plebs Plumberiana ; et tandem sereniss. Dom.
» D. Margarita Lothringia, Aurelianensis Ducissa, zelo
» pietatis et religionis affectu ducta, primam hujus
» ædificii lapidem collocavit... etc.

Le gouvernement ayant pris sous sa protection immédiate les bains de Plombières, a fait construire à la place de cet édifice un bain nouveau, qui sous le rapport de l'utilité et de l'agrément, ajoutera encore à la célébrité des eaux de Plombières. Ce bain se trouve en face et au midi du bain royal.

(7) *Du grand bassin tout éloigne l'ennui.*

On prétend que les bains du grand bassin sont plus salutaires que ceux qu'on prend dans les baignoires. — Indépendamment de cet avantage, la réunion nombreuse qui a lieu continuellement au grand bassin, égaye et distrait bien plus les personnes qui peuvent se livrer à la gaité, que la solitude où l'on se trouve dans les baignoires et dans les cabinets. Mais pour faire un choix, il faut premièrement consulter son gout et sa maladie de sorte qu'on ne peut rien prescrire aux malades à cet égard.

Un Poëte lorrain, M.r Samson, auteur d'une jolie chanson sur les plaisirs du bain pris au bassin, voudra bien me permettre de la transcrire ici :

L'APPEL AU BASSIN.

Air : *Plus on est de fous plus on rit.*

Chaque jour que Dieu fait éclore,
Que j'aime à voir dans le bassin
Les baigneurs, levés dès l'aurore,
Accourir tous le verre en main.
Baigneurs que la douleur attire
Dans ces bains où l'on rajeunit,
Avec nous venez boire et rire,
Plus on est de fous plus on rit.

Pro—

Promeneurs qui, sous les Arcades,
Vous abreuvez au Crucifix,
Venez partager les rasades
Qu'ici nous versent les houris :
Entrez, entrez dans la piscine,
Auteurs, poëtes, gens d'esprit,
Ici tout mal se déracine ;
Plus on est de fous plus on rit.

Vous malades atrabilaires,
Qui baignez dans les cabinets,
Las ! vous pensez trop aux affaires,
Venez entendre nos caquets ;
Gens de robe, gens de finance,
Oubliez votre grand crédit ;
Au bassin que chacun s'élance,
Plus on est de fous plus on rit.

Guerriers, que la gloire couronne,
Victimes des travaux de Mars,
Dans l'enceinte qui m'environne
Pourquoi resteriez-vous épars ?
Au bassin venez tous ensemble,
A personne il n'est interdit ;
C'est la gaité qui nous rassemble,
Plus on est de fous plus on rit.

> Quittez d'insipides baignoires,
> Venez ici jeunes beautés;
> L'amour en chantant vos victoires,
> Sera toujours à vos côtés.
> Vite, accédez à nos requêtes,
> Venez, le bassin vous sourit,
> Venez faire tourner nos têtes,
> Plus on est de fous plus on rit.

(8) *Chacune enfin est bonne à d'autres maux.*

Il n'existe peut-être pas d'endroits où l'on trouv une aussi grande variété d'eaux salutaires qu'à Plombières. Les eaux thermales s'y rencontrent partout à un degré de chaleur différent. On en trouve qui font monter le thermomètre de Réaumur à 52 degrés. Telle est celle de l'étuve appellée *Enfer*. Outre les eaux thermales, il y en a de savonneuses et de ferrugineuses. L'eau thermale se boit à une chaleur de 40 degrés; en bains elle s'emploie de 26 à 30 et même 32 degrés, suivant le genre de maladie auquel on l'applique.

D'après les dernières expériences, faites pour analiser les eaux thermales de Plombières, il se trouve qu'elles contiennent six substances différentes.

1.º Du carbonate de soude.

2.º Du sulfate de soude.

3.º Du muriate de soude.
4.º De la silice.
5.º Du carbonate de chaux.
6.º Enfin de la gélatine animale.

(9) *La douche encore opère des miracles.*

Il est incontestable que la douche produit souvent plus d'effet que le bain. Elle assouplit la peau et les membres, déterge les pores et affecte le tissu cellulaire plus promptement et plus facilement que l'eau prise en bains. La manière dont on doit en faire usage, exige des précautions que l'expérience et les Médecins rendent familières.

(10) *Choisissez mieux l'empirique Esculape.*

On se tromperait beaucoup si l'on s'imaginait que le tableau que j'ai tracé dans les vers qui précèdent celui-ci, est celui d'un Médecin connu dont j'aie entrepris de faire la satyre, ou encore celui d'un Médecin des eaux. J'estime infiniment le corps des Médecins en général, et en particulier MM. Grosjean et Thiriat, Médecins inspecteurs des eaux de Plombières, qui ont rendu des services et qui sont à même d'en rendre encore à la suite. Ce portrait ne peut convenir qu'à la tourbe des Médecins ignorans et non avoués du gouvernement.

(11) *Plus d'un malade affronterait l'enfer.*

Il est bon de savoir qu'on donne le nom d'Enfer à la principale étuve de Plombières, qui est aussi la plus chaude. La partie supérieure de l'atmosphère de cette étuve fait monter le thermomètre dont il a été question à 36 degrés. C'est un véritable supplice que d'être obligé d'en faire usage, et il faut être très-fortement constitué pour supporter sa chaleur suffocante pendant 10 à 15 minutes. Au reste il est reconnu que ce remède a très-souvent guéri des personnes atteintes d'affections morbifiques et chroniques regardées comme incurables.

(12) *Pour se venger d'un mortel téméraire.*

Peut-être que si j'eusse connu plutôt les beaux vers que Mr de Saint Victor a consacrés dans son Poëme de l'Espérance au récit du fait mythologique qui termine ma première Saison, j'eusse renoncé à traiter ce sujet. Rien en effet de plus beau, de mieux conçu et de plus poétiquement exprimé que ce trait fabuleux dans le poëme en question. Les amis des beaux vers le connaissent depuis long-tems.

NOTES

DE LA DEUXIÈME SAISON.

——

(1) *Là plus content j'étudierai les causes.*

En consultant les opinions différentes que les Médecins-Philosophes ont eues sur la cause de la chaleur des eaux thermales , on n'en trouve, pour ainsi dire , aucune qui soit satisfaisante. Tous leurs systêmes à cet égard sont autant de conjectures. On a prétendu que ces eaux étaient froides dans l'intérieur des terres , et que ce n'était qu'en entrant en contact avec l'air atmosphérique qu'elles s'échauffaient. J'ignore si cette assertion est fondée ; elle indiquerait seulement que les combinaisons chimiques que l'eau traverse dans l'intérieur des terres et dont elle est imprégnée à sa source , ne produisent d'effet sensible qu'au moment où l'eau sourd de terre. Mais avant de décider la question de la cause de la chaleur des eaux, il aurait été bon de savoir si la même cause existe partout où il s'y trouve des eaux ther-niales , ou si des causes différentes ne président pas au phénomène de la chaleur de ces eaux. Quoiqu'il en soit, il n'est pas démontré quelle espèce de feu ou quelle cause de chaleur la terre renferme pour produire l'effet en question.

(2) *Les Celtes nos ancêtres.*

La religion des Celtes ou des Gaulois, toute mystérieuse qu'elle ait été, s'annonçait cependant avec un extérieur moins lugubre que nos religions modernes. Les forêts, les bocages et les grottes étaient témoins de leur culte divin.

Il est prouvé par les monumens découverts il n'y a pas bien long-tems à Luxeuil, que ces peuples connaissaient déja la vertu des eaux thermales et faisaient usage des bains. Jules César, à son passage dans les Vosges, fit restaurer le bain de Luxeuil, *pour l'usage de ses légions*, comme l'indique une inscription trouvée dans cette dernière ville le 23 juillet 1755 :

LIXOVII THERM.
REPAR. LABIENUS
JUSS. C. JUL. CÆS.
IMP.

Il est à croire que les bains de Plombières, rapprochés comme ils le sont de ceux de Luxeuil, étaient alors également connus et fréquentés. Il existe d'ailleurs des monumens qui ne permettent pas d'en douter.

(3) *Un immortel Poëte.*

Voltaire avec l'esprit et la grace inséparables de

son style a donné, dans une épitre datée de Plombières au mois d'Auguste 1729, une description charmante quoique peu flatteuse de cette ville. Je ne puis résister à l'envie de la transcrire ici, du moins en partie :

Du fond de cet antre pierreux,
Entre deux montagnes cornues,
Sous un ciel noir et pluvieux,
Où les tonnerres orageux
Sont portés sur d'épaisses nues ;
Près d'un bain chaud, toujours crotté,
Plein d'une eau qui fume et bouillonne,
Où tout malade empaqueté
Et tout hypocondre entêté
Qui sur son mal toujours raisonne,
Se baigne, s'enfume et se donne
La question pour la santé ;
Où l'espoir ne quitte personne :
De cet antre où je vois venir
D'impotentes sempiternelles,
Qui toutes pensent rajeunir ;
Un petit nombre de pucelles,
Mais un beaucoup plus grand de celles
Qui voudraient le redevenir ;
Où par le coche on nous amène
De vieux citadins de Nanci,
Et des moines de Commerci,

Avec l'attribut de Lorraine
Que nous rapporterons d'ici.
De ces lieux où l'ennui foisonne
J'ose encore écrire à Paris,
Malgré Phœbus qui m'abandonne
J'invoque l'amour et les ris :
Ils connaissent peu ma personne ;
Mais c'est à Pallu que j'écris, etc.

(4) *J'ai reconnu Boufflers.*

Je ne sache pas que Mr de Boufflers ait rien publié sur les eaux de Plombières où il a été à différentes reprises ; j'ai donc pu le supposer rêvant à son ouvrage sur le *libre arbitre*, au lieu de s'occuper de poésies à la louange de la Nymphe des eaux.

Quand j'écrivais cette note, l'inscription qui orne la fontaine de Stanislas n'existait pas encore ; elle est à-la-fois un monument de la reconnaissance du poëte et un éloge bien mérité pour le Roi qui en est l'objet. La voici :

DERNIER HOMMAGE

de Stanislas-Jean, Chevalier de Boufflers, à la mé-moire du Roi Stanislas, son parrain. Sept. 1813.

FONTAINE que le nom du plus aimé des Rois
Doit rendre à jamais chère à toute la contrée,

Ne vous attendez plus à vous perdre ignorée
    Sous l'herbe et la mousse des bois ;
    Stanislas vous a consacrée.
    Glorieuse d'un nom si beau ,
    Que le murmure de votre eau
Parle de Stanislas à la race future ;
Simple dans sa grandeur , bon comme la nature ,
Son règne pastoral fit croire à l'age d'or.
    Votre onde est à nos yeux bien pure ;
    Son ame était plus pure encor.

(5) *De Mollevaut je briguai le suffrage.*

M.ʳ Mollevaut a mis son nom à un quatrain qu'il a composé à l'occasion des embellissemens qui ont été faits à la fontaine d'eau ferrugineuse qui se trouve au milieu de la grande promenade de Plombières. Ce quatrain est gravé sur une ardoise placée dans la *rotonde* où est la fontaine.

» Semblable à la vertu, source modeste et pure,
» Sous un épais gazon tu cachais tes bienfaits ;
» Mais du tems destructeur bravant la longue injure ,
» Ce pieux monument les consacre à jamais. »

(6) *Du moins sa muse eut enchanté ces bords.*

Je craindrais de blesser la modestie de M.ʳ Pellet en consignant ici quelques unes de ses poésies inédites. Ce que je ne crains pas d'avancer , c'est que

ses poésies une fois publiées, ne démentiront point
ce que je dirais volontiers, si je ne voulais lui épargner
la peine d'entendre des louanges dont il peut se passer.

(7) *Montbrison, de Vannos....*

Mr de Montbrison, ci-devant Recteur de l'Aca-
démie de Strasbourg et Madame de Vannos, qui ont
été l'un et l'autre à Plombières, sont connus par de
très-jolies poésies.

(8) *Comme un torrent precipitait ses eaux.*

L'année 1770 fut marquée par une inondation si
considérable à Plombières, que cette ville fut presque
entièrement détruite ; quelques personnes périrent, et
beaucoup d'autres essuyèrent des pertes plus ou moins
grandes. C'est immédiatement après ce désastre que
le gouvernement d'alors fit construire le bain neuf,
et rétablir la ville avec plus de gout et de commodités.
L'on prit aussi les précautions nécessaires pour la
mettre désormais à l'abri d'une semblable catastrophe.
Voyez les détails historiques de cet événement dans
les *Lettres vosgiennes.*

(9) *Répara tout secondé par Louis.*

Le nom et la mémoire de Stanislas seront toujours
chers à la Lorraine, et en particulier aux habitans de
Plombières. On lui doit une foule de constructions

qui ont contribué à *assainir* le sol humide où repose cette ville. La plantation d'arbres de la grande promenade , ainsi que d'autres embellissemens , sont dûs à sa sollicitude paternelle.

(10) *Qui n'a pas vu la riante feuillée.*

On appelle feuillée à Plombières , un site charmant d'où l'on découvre le plus beau paysage. Ce paysage est formé par le val-d'Ajou qui est situé à deux lieues de Plombières. Peu de personnes fréquentent les bains sans jouir du plaisir que procure cette promenade.

Voici une chanson intitulée *la Feuillée* , que j'ai recueillie aux bains ; je ne puis dire à qui elle appartient.

LA FEUILLÉE.

Air *de la Croisée.*

On a , sur des tons différens ,
Célébré les eaux de Plombières ;
L'un chante les bois , les torrens ,
L'autre les vallons , les chaumières ;
Sur leurs traces de loin marchant ,
Ma muse s'étant réveillée ,
Toujours fidèle à mon penchant ,
Je chante la *feuillée.*

> Avez–vous dessein d'admirer
> Les richesses de la nature,
> Ou désirez–vous respirer
> L'air d'une atmosphère plus pure ,
> Aimez-vous à cueillir la fleur
> Dont la pelouse est émaillée ?
> Voulez-vous triompher **d'un** cœur ?
>   Venez sous la *feuillée*,
>
>   Voyez ces chiffres amoureux
> Tracés sur l'écorce fidèle ;
> Tout dit que l'amour dans ces lieux
> Désarma plus d'une cruelle.
> Fuyant l'éclat d'un trop grand jour,
> Et d'Argus la troupe éveillée,
> Les graces, les ris et l'amour
>   Logent sous la *feuillée.*

(11) *Messieurs Fleurot dans ce charmant vallon*

Ces Messieurs , puisque Messieurs y a, (*car l'expression n'est pas poétique,*) ont de père en fils rendu des services signalés à leurs compatriotes. Leur réputation a passé les montagnes qu'ils habitent. De très–loin on les consulte utilement ; ils s'attachent à guérir les luxations, les rhumatismes , les maux de membres. La plupart des baigneurs qui sont atteints de ces maladies , s'adressent à eux, et au moyen des remèdes qu'ils leur prescrivent, ils achèvent souvent

l'ouvrage que les bains ont commencé. On m'a
assuré qu'un des fils de la famille étudiait actuelle-
ment la médecine dans la capitale. Réunissant la
théorie de la science médicale à la longue expérience
de ses pères, il ne peut manquer de rendre des
services encore plus grands à l'humanité. On raconte
une anecdote qui leur fait honneur :

Les habitans du val-d'Ajou, convaincus de l'utilité
es travaux auxquels cette famille se livrait, et
raignant qu'elle ne vint à s'éteindre, l'ont plus
'une fois dispensé de concourir à la formation de
a milice royale, aimant mieux payer de leurs per-
onnes pour le service de l'Etat, que de voir
'expatrier des citoyens aussi utiles.

12) *On voit alors les baigneurs sous les hêtres
Se préparer à des repas champêtres.*

Pour chasser l'ennui qui circule dans Plombiéres
omme ailleurs, quand on s'y trouve arraché à ses
ccupations ou à ses habitudes, on est obligé de se
·éer des amusemens qui quelquefois ne contribuent
as peu à dissiper les vapeurs de la rate ou les affec-
ons mélancoliques, compagnes ordinaires des
ersonnes malades. Ces amusemens sont la promenade,
jeu, les cercles, et les repas champêtres. Ils se
pètent assez souvent dant les fermes, les taillis ou
s bois qui avoisinent Plombiéres ; la gaîté qui se

communique alors d'une personne à l'autre, rend ces repas très-précieux et très-recommandables pour la santé. Chacun veut oublier son mal et l'oublie en effet. J'ai été, en 1810, témoin passif d'un de ces repas, ou Mr Samson fit les frais de la meilleure part du plaisir qu'on y eut. Il mit la fête en vaudevilles, et ses petits airs égayèrent toutes les têtes ; je ne puis m'empêcher d'en publier quelques couplets :

Chargement et départ des comestibles.

Air : . . . .

» Des fruits que Lucullus apporta de la Perse,
   » *Barbe* ici placez les rubis ;
» Assurez ces pâtés, qu'aucun plat ne renverse
    » Sur ces poulets, sur ces coulis.
    » De nos tartes de mirabelle,
    » De nos truites, de nos brochets,
    » De l'Alicante et du Tavelle
    » Empêchez les chocs indiscrets.
    » Partez *Vincent, Gigon, Sœurette,*
    » *Barbe* allez..... nous suivons vos pas ;
    » Et pour cueillir la noisette
    » Surtout ne quittez pas nos plats.

On part :

Air : *De la piété filiale.*

   » Allons... donnons-nous le bras
   » Pour aller à la campagne ;

» C'est au pays de Cocagne
» Que nous dirigeons nos pas. etc.

On sert :

Air : *Du calife de Bagdad ; mes chers amis dans cette vie.*

» Qu'on serve promptement la table,
» Nous ne manquons pas d'appétit,
» Jomard travaille comme un diable,
» Ah ! qu'il va nous donner d'esprit.
» Mais déja la table est servie ;
» N'y pas aller serait folie,
   » Mangeons, buvons,
   » Rions, chantons,
» Chantons Plombière et ses saisons. »

Les baigneurs étant à table, le Docteur Grosjean
passe l'inspection des mets.

Air : *On compterait les diamans.*

» Grosjean, la lorgnette à la main,
» De tous les plats fait la critique,
» Il proscrit ce qui n'est pas sain
» Pour la baignante république ;
» Mais il permet les fruits fondans
» Aux calculeux, aux néphrétiques,
» Les toniques, les délayans
» Aux goutteux, aux paralytiques.

Air : *De la soirée orageuse.*

» En dinant avec ce Docteur,
» Nous faisons un cours d'hygiène,
» Sur chaque met à l'amateur
» Il parle d'azot, d'oxigène ;
» Il prohibe les brandevins,
» Et de peur qu'il nous mésavienne,
» Le phlogistique de nos vins
» Est corrigé par l'hydrogène. »

Air : *Des trembleurs.*

» Ainsi par sa diététique
» Maint acide carbonique,
» Portion de botanique,
» Mis à contribution,
» Éloignent de nous les cliques
» Des affections chroniques,
« Des vapeurs, et des coliques,
» Et de la consomption. »

Je regrette de ne pouvoir transcrire ici en entier cette *journée champêtre* ; j'en ai sans doute déja trop dit sans l'aveu de M.ʳ Samson.

(13) *Et quelquefois chez le Père Vincent.*

Le Père Vincent est connu de tout Plombières. Son industrie et son bon sens attirent chez lui la

foule

foule des baigneurs. Il construit lui-même des horloges, organise des clavecins et d'autres ouvrages méchaniques aussi compliqués, sans leçons et sans apprentissage. Son habitation, située à une demi-lieue des bains, se fait remarquer par sa situation agreste et presque sauvage ; mais on retrouve, dans les jardins qui l'entourent, tout l'agrément que l'art a pu leur procurer. J'aimais surtout leurs sources jaillissantes, les arbres pliés en berceau qui les avoisinent, et le pigeonnier. Si je retourne à Plombières, j'irai encore chez le Père Vincent, manger de ses pommes-de-terre et de son gateau de sarrazin.

(14) *Jouir enfin où le danger n'est pas.*

On prétend que la foudre n'est jamais tombée sur Plombières. Cet avantage est dû aux hautes montagnes qui l'entourent ; les baigneurs peuvent donc se rassurer lorsqu'ils entendent gronder le tonnerre autour d'eux, ce qui arrive assez fréquemment dans cette ville. En écrivant cette note, je me rappelle es beaux vers qui commencent le 2e chant du poëme e Lucrèce, sur la nature des choses.

» Suave mari magno turbantibus æquora ventis

E terra magnum alterius spectare laborem ;

Non quia vexari quemquam'st jucunda voluptas :

Sed quibus ipse malis careas quia cernere suav' est.

Suave etiam belli certamina magna tueri

Per campos instructa, tua sine parte pericli.

Et ceux-ci de Tibulle :

» Quam juvat immites ventos audire cubantem.
» Et dominam tenero detinuisse sinu.

Reposant dans les bras de ma belle maîtresse,
J'entens avec plaisir tous les vents déchaînés.

NOTES

DE LA TROISIÈME SAISON.

(1) *En deux saisons, sans filtres, sans panades.*

Mon projet était de renfermer ce poëme en deux chants ou saisons. — Mais l'abondance du sujet que ma paresse ne m'a permis que d'effleurer , m'a engagé de terminer ce petit ouvrage par une troisième saison. De plus, ne m'étant pas donné la peine de classer les matières que j'ai traitées , on ne trouvera qu'une demi méthode dans les descriptions que j'ai faites des bains et de leurs accessoires.

(2) *Ainsi partout les bains sont salutaires.*

Peut-être aurais-je du placer à cet endroit de mon poëme , une description exacte des bains russes et de la manière dont on en fait usage. J'ai trouvé plus commode de renvoyer le lecteur à mes notes en prose. Les détails que M.ʳ l'abbé Chappe d'Auteroche, donne à ce sujet dans son voyage en Sibérie , pourront satisfaire la curiosité et mettre le lecteur au fait des cérémonies qui se pratiquent à cette occasion. « Les bains, dit-il , se pratiquent dans toute la Russie. » Les habitans de cette vaste contrée , depuis le

» Souverain jusqu'au dernier de ses sujets, les pren-
». nent deux fois par semaine et de la même manière.
» Tous ceux qui jouissent de la plus petite fortune,
» ont, dans leur maison, un bain particulier, dans
» lequel le père, la mère et les enfans se baignent
» quelquefois en même tems. Les personnes du bas
» peuple vont dans les bains publics. Il y en a
» communément pour les hommes et pour les femmes.
» Les deux sèxes sont séparés par des cloisons de
» planches, mais sortant des bains tout nuds, les
» deux sèxes se voient dans cet état, et s'entretien-
» nent souvent des choses les plus indifférentes. Ils
» se jettent ensuite confusément dans l'eau ou dans
» la neige.... Les bains des riches ne diffèrent de
» ceux du peuple, que par une plus grande propreté.
» En général l'appartement des bains est tout en
» bois ; il contient un poële, des cuves remplies
» d'eau, et une espèce d'amphithéatre, sur lequel
» on parvient par plusieurs degrés. Le poële a deux
» ouvertures semblables à celle des fours ordinaires.
» La plus basse sert pour mettre le bois dans le
» poële, et la deuxième contient un amas de pierres
» soutenues par un grillage de fer. Elles sont con-
» tinuellement rouges par l'ardeur du feu qu'on
» entretient dans le poële. En entrant dans le bain
» on se munit d'une poignée de verges, d'un petit
» seau de sept à huit pouces de diamètre qu'on
» remplit d'eau, et l'on se place au premier ou

» deuxième degré. Quoique la chaleur soit moins
» considérable dans cet endroit que partout ailleurs,
» on est bientôt en sueur; on renverse alors le seau
» sur la tête, et après quelques intervalles on en
» renverse un deuxième et un troisième. On monte
» ensuite plus haut, où l'on fait les mêmes opérations,
» et ensuite sur l'amphithéatre, où la chaleur est
» la plus considérable. On s'y repose un quart
» d'heure ou une demi heure environ, et dans cet
» intervalle on se répand plusieurs fois de l'eau tiède
» sur le corps. Un homme placé devant le poële
» jette, de tems en tems, de l'eau sur les pierres
» rouges. Dans l'instant des tourbillons de vapeurs
» sortent avec bruit, s'élèvent jusqu'au plancher,
» et retombent sur l'amphithéatre sous la forme d'un
» nuage, qui porte avec lui une chaleur brûlante.
» C'est alors qu'on fait usage des verges qu'on a
» rendues des plus souples, en les présentant à
» cette vapeur au moment qu'elle sort du poële.
» On se couche sur l'amphithéatre, et le voisin vous
» fouette avec une poignée de verges, en attendant
» que vous lui rendiez le même service, et dans
» beaucoup de bains, des femmes sont chargées de
» cette opération. Pendant que les feuilles sont
» attachées aux verges, on ramasse, par un tour de
» de main, un volume considérable de vapeurs;
» elles ont d'autant plus d'action sur le corps, que
» les pores de la peau sont très-ouverts, et que ces

» vapeurs brûlantes sont poussées vivement par les
» verges dont on continue de vous fouetter sur
» toutes les parties du corps...... »

» Les Russes y demeurent quelquefois plus de
» deux heures, et recommencent, à différentes
» reprises, toutes les opération dont j'ai parlé. La
» plupart se frottent encore le corps avec des oignons,
» pour suer davantage ; ils sortent tout en sueur de
» ces bains, et vont se jeter et se rouler dans la
» neige, par les froids les plus rigoureux, éprou-
» vant, presque dans le même instant, une chaleur
» de 50 à 60 degrés, et un froid de 20 degrés,
» sans qu'il leur arrive aucun accident. Les Russes
» du premier état se mettent au lit en sortant du
» bain et s'y reposent quelque tems. Il est généra-
» lement reçu que les bains sont plus efficaces pour
» les gens du commun, qui de cette grande chaleur
» passent au grand froid, que pour ceux qui vont
» se mettre au lit. »

(3) *Toujours ouverts aux malheureux humains.*

Le luxe de Rome, alimenté par les dépouilles des
peuples qu'elle avait vaincus, lui permettait d'ouvrir
des bains pour l'agrément et pour la santé du peuple.
Il serait à désirer que les gouvernemens modernes pus-
sent un jour faciliter l'entrée des bains thermaux, à ceux
de leurs sujets malades que leurs facultés ne per-

mettent pas de supporter la dépense qu'ils occasionnent.

(4) *De la vertu du trou des Capucins.*

Ceci n'est point une plaisanterie ; il existe dans le bassin du bain , dit des capucins , un trou circulaire , taillé dans le fond de ce bassin , et qui sert à prendre des bains de vapeurs. Il a la réputation d'être particulièrement utile aux femmes stériles qui se rendent aux eaux. La malignité a voulu interpréter à sa façon les effets salutaires de ce trou , et on a reporté dans le tems , sur les moines du lieu , toute la vertu qui lui appartenait.

(5) *Voyez ces maux dont la cause ignorée.*

Je fis une fois aux bains et à l'occasion de ma maladie , des vers qu'il faut que je consigne ici. Je crains seulement qu'on ne leur trouve un trop grand air de vérité.

> Qu'on sache enfin que je suis un peu fou ?
> Il n'est plus tems de cacher ma folie ;
> Vous, mes amis, vous qui savez jusqu'où
> Vont les effets de cette maladie,
> Je vais vous dire, en deux mots, les progrès
> Qu'a fait le mal ; primo, dans mes accès,
> Le moindre mot ou m'irrite ou m'offense,
> Mon appétit devient plus sérieux,

Et l'on dirait que mon estomac pense
Tant mon esprit prend un air paresseux.
Pour appaiser mon humeur inquiète,
Que seul alors on me laisse rêver,
Je n'entends pas qu'on secoure ma tête,
C'est l'estomac que l'on doit éprouver.
Je souffre, hélas! et l'on n'en veut rien croire:
Dans ce penser git, dit-on, tout mon mal;
Comment enfin peut-il souffrir et boire
Et puis manger, et puis danser au bal,
Et puis encor nous parler d'amourettes,
Avoir bons piés, belle jambe, bons bras?
Mes chers amis, vos affaires sont faites,
Vous transpirez, nous ne transpirons pas.
Qu'il est heureux, le mortel qui transpire,
Il n'a jamais nul viscère engorgé,
Son teint s'anime, un aimable sourire
Prouve combien les Dieux l'ont ménagé.
Pour tout mal aise il peut bien à la rate
Sentir parfois quelques picotemens;
Il ne sait pas que la nature ingrate
M'a refusé ces petits maux charmans.
Ce n'est pas tout, mes amis, et j'endure
En second lieu, de la nuque au coccis,
Une douleur, dont Hypocrate assure,
(Ce qu'il a fait en termes très-concis,)
N'avoir jamais deviné la nature.
Si c'est la bile ou la lymphe ou le sang

Qui

Qui viciés procurent ce tourment ?
Que cependant si le mal est chronique,
Il fallait boire et manger amplement ;
Qu'il n'était point de plus grand spécifique.
Autre chose est, si le mal est récent !
J'approuve fort le conseil qu'il propose,
Je n'aime pas la diète, ni l'eau,
Mais je voudrais qu'il eut dit quelque chose
Sur les bons effets du taro.

(6) *Autre Nina*, etc.

Voyez dans l'épisode qui termine le poëme de l'*Espérance* par M.r de Saint Victor, les beaux vers qu'il a consacrés à cette infortunée.

(7) *Aimant surtout la patrie et le Roi.*

Voici un acrostiche sur le nom de Louis, que je composaï lors de sa rentrée dans le Royaume ; je demande la permission de l'insérer à la fin de mes notes.

La plus noble des fleurs, pour un moment flétrie,
Ornera désormais l'écusson de nos Rois ,
Un Monarque chéri commande à la Patrie :
Il saura rallier les arts et l'industrie
Sous l'égide sacré de l'honneur et des lois.

POÉSIES FUGITIVES.

—

LA NUIT.

Le soleil finit sa carrière,
Cet astre brillant de lumière
Jette un éclat moins radieux ;
L'ombre descend dans les campagnes,
Jusques au sommet des montagnes
On voit mourir ses derniers feux.

Tout semble finir sur la terre:
Un sentiment involontaire
Invite le monde au repos ;
Dans les bras d'un sommeil paisible,
L'homme, après un travail pénible,
Vient enfin oublier ses maux.

S'il erre dans la solitude,
Libre de soins, d'inquiétude,
Tout y subjugue encor ses sens;
Cette fraîcheur qu'on y respire,
Cette Nayade qui soupire,
L'écho qui redit ses tourmens.

Éloigné du fracas des villes,
Cherché-je des momens tranquilles

Loin du tumulte et des ennuis ;
Douce paix qui vis en silence,
Je viens épier ta présence
Dans le calme profond des nuits.

Quelle douce mélancolie,
Quelle agréable rêverie
Se glisse alors dans tous les cœurs !
L'amant au plaisir s'abandonne,
Et l'amour l'obsède et l'étonne
En lui prodiguant ses faveurs.

Phœbé, plus tendre et moins fidèle,
Sur le monde inconstant comme elle,
Jette un regard mystérieux ;
On blame en vain sa perfidie ;
Son frère lui-même l'oublie
Et reparaît plus glorieux.

Pour éviter le fer rapide,
L'animal craintif et timide
Du soir implore le secours ;
Le soir vient : joyeux il s'élance,
Et protégeant son existence,
La nuit protège ses amours.

Tout est muet dans la nature,
A peine quelque nymphe obscure
Répond aux zéphirs inconstans ;

Seule, la tendre Philomèle,
Près de sa compagne fidèle,
Fait entendre ses doux accens.

Echo toujours inconsolable,
De Narcisse ingrat et coupable
Déplore l'infidélité.
Un mot échappé de sa bouche
Accuse encor l'amant farouche
Victime, hélas! de sa beauté.

A cette voute rayonnante
Quelle main habile et savante
Suspendit ces corps lumineux;
Quelle suprême intelligence
Confondit ainsi la science
Des mortels trop audacieux ?

Si la nuit par fois sous son aile
Cacha la trame criminelle
Du coupable enfin triomphant,
La nature que l'on opprime
Se soulève à l'aspect du crime,
Et vient effrayer le méchant.

Dans sa retraite inaccessible
Au pervers, au monde insensible,
Le sage vit sans nuls regrets;
Tout lui sourit quand il sommeille,

Tout le charme quand il s'éveille,
Il ne respire que la paix.

O nuit ! accepte mon hommage ;
Tu n'es point une fausse image
Du calme qui règne en mon cœur.
Si jamais l'ennui me dévore,
Répans sur moi, jusqu'à l'aurore,
Des pavôts le baume enchanteur.

Que plus belle et plus mensongère
Des songes la troupe légère
Berce mes sens de volupté ;
Alors, exempt d'inquiétude,
Je viendrai dans la solitude
Rêver à la félicité.

LES PLAISIRS CHAMPÊTRES.

*A M.^r B***

O vous à qui l'harmonie
Fait gouter d'heureux transports,
Et qui de la poésie
Connaissez tous les accords,
Un instant veuillez m'entendre ;
Votre ame sensible et tendre

Est ouverte à l'amitié :
Ce sentiment seul m'inspire ;
Je sens qu'aimer sans le dire
Ce n'est qu'aimer à moitié.

Des préjugés de la ville
Je n'ai point rempli mon cœur,
Et le plus champêtre azile
M'offre le plus vrai bonheur.
Où séjourne l'innocence
On ignore la science
De colorer tous ses torts ;
Si l'on y connaît le vice,
On n'a-point le vain caprice
D'en embellir les dehors.

Près de riantes collines
La nature a ses horreurs,
Ici ce sont des épines,
Et plus loin ce sont des fleurs ;
Parcourrez ces vastes plaines,
Voyez sourdre ces fontaines,
Vos yeux seront enchantés ;
Mais ce sont les forêts sombres,
Ce sont les rochers, les ombres
Qui leur donnent des beautés.

La nature est embellie
Par des contrastes nombreux,

Là s'incline une prairie
Au pied d'un roc sourcilleux;
Ici, sur l'herbe brûlante,
Ce clair ruisseau qui serpente
A toujours un charme égal,
Et ce contraste physique,
Par un charme tout magique,
Existe encore au moral.

Ici règne la prudence,
Là, c'est la témérité;
L'un aime l'indépendance,
L'autre la *servilité;*
Mais, de la chaumière au trône,
Nous ne connaissons personne
Qui sache l'art de jouir;
Chacun donne en sens contraire,
A l'un pèse la misère,
A l'autre, c'est le plaisir.

En vain un charme invincible
Mène à la félicité;
Il suffit d'être sensible
Pour sentir l'adversité.
Non, jamais l'homme qui pense
Ne met dans l'indifférence
Son bonheur ou son repos;
Il sait flatter la nature,

Qui répare avec usure
Son infortune et ses maux.

Dans ces bois quand je m'égare,
Quand je parcours ces bosquets,
Mon œil admire et compare
Mille différens objets.
Foulant des herbes humides,
Je vois les oiseaux timides
Voltiger autour de moi;
Enchanté par le ramage
Du petit peuple volage
Qui se gouverne sans loi.

Ah! que j'aime le silence
Qui règne dans ces beaux lieux;
J'y médite en assurance,
Sur ce qui s'offre à mes yeux.
Cette forêt me délasse;
Du bruit même de la chasse
J'y viens souvent profiter.
Diane se la réserve,
Mais sans ôter à Minerve
Le droit de la fréquenter.

Quittez ce séjour champêtre
Et rentrez dans les cités,
Vous y verrez reparaître
L'ennui, les futilités;

Partout folles girouettes,
Insipides étiquettes,
Et grimaciers complimens ;
Au hameau c'est la franchise ;
En ville tout se déguise
Sous des masques séduisans.

Dans vos demeures charmantes
Heureux qui peut habiter,
Cultiver vos fleurs, vos plantes,
Vous plaire et vous imiter ;
Mais l'homme n'est pas son maître :
Qui pourra jamais connaître
Le terme de ses désirs !
Il caresse l'espérance,
Le clinquant et l'apparence,
Et jamais les vrais plaisirs.

STANCES

SUR LA NAISSANCE D'UN ENFANT.

Il pleure, je l'entends, c'est un enfant qui naît ;
Il naît et j'entrevois son humide paupière ;
Sans doute qu'il ignore, en voyant la lumière,
Si l'existence est un bienfait.

Ainsi tout préparé pour un lointain voyage,
Le matelot redoute le danger,

Il craint les vents, les écueils, le naufrage,
Tout, à-la-fois, vient l'affliger.

L'abyme est à ses pieds, il le voit, le mesure ;
Mais il combat, les mers cèdent à son effort,
Il commande au danger, l'évite, se rassure,
Et, vainqueur, sa nef entre au port.

Commence cher enfant à sourire à ta mère,
Les pleurs que tu répans te rendraient malheureux.
Avant toi tes parens ont fourni leur carrière,
Et tu peux l'embellir comme eux.

Les passions un jour planeront sur ta tête ;
Ton cœur mal assuré résistera long-tems ;
Tu céderas : heureux si bravant la tempête
Elles ne troublent que tes sens.

Avance, mon ami, vas ! poursuis sans te plaindre,
La mer où l'on te place est, il est vrai, sans bords ;
Tu peux périr, mais tu mourras sans craindre,
Si tu sais vivre sans remords.

V OE U X.

JE ne voudrais une épouse accomplie,
Je craindrais trop d'en payer la façon ;
Car pour l'avoir jeune, sage et jolie,
Faudrait je crois toujours rester garçon.

Mon gout serait de la trouver à l'age
Où l'on se laisse aller au sentiment :
Avant quinze ans le cœur est trop volage,
Et c'est caprice, alors qu'il est constant.

Je la voudrais de figure agréable,
Sans trop pourtant rechercher la beauté ;
Un cœur joyeux, un caractère aimable,
Font d'une épouse une divinité.

S'il se pouvait je la voudrais sincère
Dans tous ses gouts comme dans ses amours,
Quand on est jeune, une sagesse austère
N'est dans le cœur, mais bien dans le discours.

Je la voudrais riche sans opulence,
Peu vaniteuse et sans prétention ;
Pour vivre heureux l'on a besoin d'aïsance,
Mais beaucoup plus de modération.

Ah ! si j'en crois l'amour qui m'en assure,
Elise est bien cet objet enchanteur,
Si mieux ne vaut que la froide peinture
Que je voulais tracer d'après mon cœur.

ÉLÉGIE I.

Je cultivais sur des côteaux fertiles
Les plans exquis d'un pampre coloré ;

Seul j'émondais et ses rameaux dociles
Et ses bourgeons devenus inutiles.
Combien de fois je me suis consacré
A sa culture agréable et facile !
Combien de fois je me suis enivré
Du jus divin que sa grappe distille !
J'étais heureux et je vivais tranquille,
J'en obtenais un produit assuré.
Mais les autans ont flétri son feuillage,
Et les jaloux, de leur souffle envieux,
Dans un moment ont détruit mon ouvrage ;
Je ne prens plus de plaisir à l'ombrage
      De ses rameaux délicieux.
J'ai beau gémir : sur ma vigne déserte
J'ai vu passer un souffle destructeur ;
Le monde entier avait juré ma perte,
Le monde entier se rit de mon malheur.
Ah ! trop heureux dans son gîte champêtre,
Le laboureur recueille ses moissons ,
Il savoure les fruits que ses soins ont fait naître,
Il fredonne gaîment ses rustiques chansons.
De l'insecte rongeur ou de l'apre froidure,
      S'il craint le déplorable effet,
Si ses guérets dépouillés de verdure
N'offrent plus qu'un vain chaume ou qu'un lugubre aspect,
L'espérance du moins lui reste et le console.
Sa compagne empressée à calmer sa douleur,
Ses enfans, ses amis et le tems qui s'envole

Ramènent la paix dans son cœur.
Mais pour moi le chagrin se lève avec l'aurore ;
La nuit même goutant un pénible repos,
Des songes indiscrets me retracent encore
La triste image de mes maux.
Jadis quelques nymphes sensibles
Répondaient à mes soins, prévenaient mes désirs,
Et je devais à des mains invisibles
Et ma richesse et mes plaisirs.
Ah ! quelque jour plus libre et plus tranquille
Puissé-je fuir un destin rigoureux !
Et parmi les rameaux de ma vigne fertile
Voir se jouer le zéphir amoureux.
A Bacchus seul offrant alors mes vœux,
S'il fait pleuvoir sur elle une douce rosée,
J'y boirai loin des envieux
L'oubli de ma peine passée.

ÉLÉGIE II.

Laissons gémir les amans malheureux ;
Qu'ont de commun leurs amours et les nôtres ?
N'ayons souci des caprices des autres,
Aimons pour nous puisqu'ils aiment pour eux.
Pour confident choisissons le mystère,
Cachons le trouble de nos sens ;
Les plaisirs que le cœur sait taire

Iris, n'en sont que plus charmans.
Ne craignez pas que jamais je publie
Les doux aveux que je vous ai surpris ;
Ces demi-mots que j'ai trop bien compris,
Et ces secrets qu'en aimant l'on confie
Et que vous m'avez tous appris.
Mon humeur n'est point inconstante,
Je connais les loix de l'amour ;
Qui les trahit, doit à son tour
Être trahi de son amante.
Autrefois bravant vos rigueurs,
Ma bouche avide allait chercher la vôtre,
Et je vous dérobais ces premières faveurs
Dont l'une enfin amène l'autre.
Combien de mes leçons vous avez profité !
Je fus un instant votre maître,
Vous m'avez surpassé peut-être
En amour, j'en conviens, pas en fidélité.
Iris aimons toujours de même,
Soyons constans, aimons pour nous,
Trompons les regards des jaloux,
Leur langue s'exerce au blasphême
Contre les plaisirs les plus doux.
Que notre amour semblable au météore
Se nourrisse de feux au vulgaire inconnus ;
Les plaisirs que le monde ignore,
Pour celui qui les goûte ont un charme de plus.

ÉLÉGIE III.

Elise, oubliez votre amant,
Son amour tint de la folie ;
Il vous vit, vous trouva jolie,
Mais il aimait trop tendrement.
Et l'absence d'un seul moment
Va bientôt lui couter la vie ;
Il saura la quitter gaiment.
Ah ! pour qui gémit et soupire
La mort, Elise, est un vrai bien ;
Cesser d'aimer est un martyre,
Cesser de vivre ce n'est rien.
Elise, ce sont les grands crimes
Qui méritent de grands tourmens ;
Je n'ai point marqué de victime*s*,
Je n'ai point trahi mes sermens ;
Mes amours étaient légitimes,
Mes torts... ils étaient innocens.
J'éprouve les chagrins cuisans
Que l'enfer garde aux infidèles ;
Je croyais aux plaisirs constans,
Je crois aux peines éternelles.
Malheur à qui tint un serment
Qu'il ne fit que par imprudence !
On n'aime point impunément.
Très-souvent un moment d'absence

Empoisonna le sentiment
De l'amour et de la constance.
Je plains le malheureux amant
Abandonné de son amie,
Ses plaisirs durent un moment,
Et ses regrets toute la vie.
Vous avez cherché le bonheur
Loin des lieux qui vous ont vu naître,
Mais il était dans votre cœur,
Un jour vous l'apprendrez peut-être.
Craignez l'amour, plaignez l'objet
Dont le bonheur vous intéresse ;
La peine et surtout le regret
Seront le prix de sa tendresse.
Que votre destin soit plus doux
Et n'imitez pas son délire,
Son cœur, que la douleur déchire,
Ne saurait vivre loin de vous.
Notre vie, Elise, ressemble
Au court voyage d'un instant,
Chacun le fait, mais n'importe comment ;
Si j'avais pu choisir, nous l'eussions fait ensemble,
Nous le ferons séparément.

ÉLÉGIE

ÉLÉGIE IV.

Que d'autres épris de la mode
Suivent son caprice éternel.
Aucune ne me plaît, si ce n'est la méthode
De l'enseignement mutuel.
Quoique nouvelle en France, on la dit ancienne;
Nos savans ont beau la vanter,
Il est plus beau de l'inventer,
L'amour l'inventa, c'est la sienne.
Albion de Paphos l'emprunta, je le sais,
Pour la léguer aux colléges français.
L'amour rebuté d'attendre
Le succès de ses leçons,
Un jour devenu plus tendre
Changea, pour se faire entendre,
Ses préceptes en chansons.
L'art d'aimer, celui de plaire
Ne furent plus un mystère
Pour les enfans de l'amour,
Quand la sensible bergère,
Trouvant la tâche légére,
Vint les instruire à son tour.
On se rend à son école
Par gout et non par devoir,
Près d'elle chacun raffole
Et d'apprendre et de savoir.

L'amour est un maître habile
Qui rend l'étude facile,
Le commerce plus liant,
Pour l'écolière docile
Qui veut s'instruire en riant;
Fuyons cet être sauvage,
A qui le plaisir fait peur,
Qui condamne un doux langage
Et qui n'a jamais, je gage,
Senti palpiter son cœur.

S'il se voue au culte paisible
De l'enseignement mutuel,
L'amour est-il répréhensible,
Est-il méchant et criminel?
Ah! bien souvent l'homme est cruel
Quand il croit n'être qu'insensible.

Dans l'arène ouverte au plaisir
Tibulle conduisait Délie,
Et toujours son premier désir
Etait compris de son amie.

Héloïse auprès d'Abélard
S'imposait une tâche austère,
Un soupir, un geste, un regard
Par cette attentive écolière,
N'étaient jamais compris trop tard.

Bertin auprès de Catilie,
De ses soins recevait le prix;

Mais par dépit ou jalousie
Il la quitta pour Eucharis.

Un maître plus habile encore
Dans l'enseignement mutuel,
A la sensible Éléonore
Jurait un amour éternel.
Par ses maximes précieuses
Laissons-nous instruire et charmer,
Et n'allons pas nous consumer
Dans des études sérieuses;
L'école du plaisir peut seule nous former.
Soyons heureux et faisons des heureuses,
On sait tout quand on sait aimer.

ÉLÉGIE V.

Déja Flore paraît : sa riante corbeille,
Au zéphir amoureux comme à l'active abeille,
Offre un luxe enchanteur ;
Mais quand autour de moi le printems se réveille,
L'hyver seul reste dans mon cœur.
L'oiseau caché sous le feuillage
Charme les bois par ses concerts,
Pour lui les ennuis du veuvage
Passent avec les longs hyvers.
A la tendresse il s'abandonne.

Tout ce qui l'environne
Partage son bonheur ;
Et moi, triste témoin de son ardeur nouvelle,
Si je reste fidèle,
Ce n'est qu'à ma douleur.
L'écho n'apprendra point le mal qui me tourmente,
C'est un confident indiscret ;
Aucun mortel, excepté mon amante,
Ne devinera mon secret.

ÉLÉGIE VI.

Au rivage où je m'embarquai
Les vents contraires me retiennent,
Sur moi les autans se déchaînent,
Déja s'enfle un dangereux gué.
La verrai-je toujours, la rive
Que je voudrais quitter enfin ;
Et puis faudra-t-il que j'y vive
Au gré de l'onde et du destin ?
Cependant la plage opposée
Jouit d'un éternel printems ;
Le ciel y verse la rosée
Et tout y fixe ma pensée,
L'amour, les hommes et les champs.
Ah ! pourquoi quittai-je une terre
Qui m'offrait jadis tant d'appas ?

La raison, je crois, en est claire :
C'est qu'on n'est bien qu'où l'on n'est pas.
Puisqu'ici tout m'offre l'image
Des mers et des flots orageux,
Je tâcherai d'y vivre en sage,
Si je ne puis y vivre heureux.

Imitation libre de la Ire Élégie de Tibulle.

Que l'orgueil avec complaisance
S'enfle dans la prospérité,
Qui voudrait de son opulence
Au prix d'un sommeil agité !
Un petit bien flatte mieux ma paresse,
Qu'ai-je à faire de ceux qu'on amasse à grands frais ?
Eh ! n'est-ce pas assez de savourer sans cesse
Et des fruits murs et des vins frais.
Je ne rougirai point de cultiver mes terres,
D'un pampre verd j'ornerai mes côteaux,
Et sous mon toit, égarés de leurs mères,
Je ramenerai mes agneaux.
Blonde Cérès c'est à tes soins propices
Que je dois les épis qui couvrent mes sillons,
Je veux t'en offrir les prémices,
Reçois les nouveaux fruits de mes humbles moissons.
Tibulle en proie à l'indigence

Jadis d'un hécatombe eut rougi tes autels,
　　Mais à présent, un agneau sans défense
Est le tribut chétif qu'il paye aux immortels.
Je ne suis point jaloux des offrandes sacrées
Qu'étalait devant toi l'orgueil de mes ayeux,
Et je ne t'offre pas dans des coupes dorées
　　Le doux nectar dont s'enivrent les dieux.
　　Je suis heureux dans mon champêtre azile,
　　J'y vis content du produit de mes champs,
　　　Et d'un sommeil doux et tranquille
J' goute tous les jours les charmes renaissans.
　　Les frimats même y servent ma tendresse ;
　　Tout m'y promet des instans fortunés,
Reposant dans les bras de ma belle maîtresse,
J'entends avec plaisir tous les vents déchaînés.
Je borne là mes vœux : qu'il prise l'opulence,
L'homme dur qui pour elle affronte les combats ;
Ah ! périsse tout l'or si jamais mon absence
D'un objet adoré flétrissait les appas.
La gloire est peu de chose, ô ma chère Délie !
　　Qu'on blame mon oisiveté ;
　　A tes genoux je passerais ma vie
Sans regrets pour le monde et la célébrité.
Sous le plus fin duvet, l'amant répand des larmes,
　　Loin de l'objet de ses amours ;
Et la nature et l'art épuiseraient leurs charmes
　　Que son cœur veillerait toujours.
Qu'il promène le char d'une fortune avare

Au champ de Mars et dans la cour des Rois,
   Le cœur insensible et barbare
Qui préfère la gloire à vivre sous tes loix ;
   Pour moi je veux, ô mon amante,
   Je veux dans mes derniers adieux,
Presser encor ta main de ma main défaillante
   Avant que de fermer les yeux.
   Tu mêleras des larmes à ma cendre,
   Tu pleureras sur mon bucher,
   Mais les pleurs que tu vas répandre
   Te rendront-ils l'amant qui te fut cher ?
   Viens, je suis jeune et je t'adore,
   Profitons du tems des amours.
Qui sait, hélas ! demain si nous vivrons encore ?
L'amour, quand on est vieux, s'envole pour toujours.
   Vénus pardonne un instant de folie
   Quand par l'amour nos sens sont égarés,
   A le servir je suis brave, Délie,
   Vivons heureux, mais vivons ignorés.

L'AMOUR ET LA RAISON.

FABLE.

Jadis la raison et l'amour
   Vivaient en bonne intelligence ;
Par un parfait accord ils savaient tour-à-tour

Se partager notre existence.
L'amour éteignait les désirs
Qui tourmentent souvent la bouillante jeunesse,
Et la raison présidait aux plaisirs
Qui font rajeunir la vieillesse.
C'était alors un grand hasard
Si l'une n'était pas le complice de l'autre,
Si même aux jeux d'amour la raison n'avait part ;
Ce tems est l'opposé du nôtre.
Mais cet accord ne dura qu'un instant,
Car l'amour fut toujours l'ami de la folie.
Comme elle il se piquait d'un peu d'étourderie,
Comme elle il était jeune et comme elle inconstant.
La raison s'en choqua ; l'ardeur de la vengeance
Se glissa jusques dans son cœur,
Et pour une légère offense
Elle jura sa perte et son malheur.
La raison trop souvent contente son envie ;
Mais lorsque l'amour dans ses jeux
Prenant pour guide la folie,
Se rit de la raison, il en rit d'autant mieux
Que la raison voyant l'amour heureux,
Seule et triste en un coin boude de jalousie.
Hélas ! de leur désunion
Tous les hommes sont les victimes ;
Pour la raison les plaisirs sont des crimes,
Et c'est la mort pour eux que la raison.

LA

LA ROSE ET LE ZÉPHIR.

FABLE II.

Rose blanche autrefois vivait dans l'ignorance,
Étrangère à l'amour, étrangère aux plaisirs ;
    Sa couleur prouvait l'innocence
    De ses gouts et de ses désirs.
Mais on a tout à craindre à l'instant qu'on est belle :
Un amant se présente, on aime à l'écouter.
    Ainsi la rose peu cruelle,
Du zéphir qui jurait d'être toujours fidèle,
    Crut n'avoir rien à redouter.
Son langage amoureux lui causait peu d'allarmes ;
Mais au premier baiser du volage zéphir,
Une aimable rougeur vint colorer ses charmes,
    Et sa pudeur versant des larmes
Pour la première fois combattit le plaisir.
    Bientôt redoutant l'inconstance
    De son nouvel amant,
    Son cœur ressentit un tourment
Qu'il ne connaissait pas avec l'indifférence.
    La belle en agaçant l'amour
    Ou l'accusant de perfidie,
    Se sentait rougir chaque jour
    De pudeur et de jalousie.
    Dès-lors regrettant son bonheur,
    Sa blancheur et son innocence,

Elle a conservé sa rougeur,
Et le zéphir son inconstance.

LE MAGICIEN.

FABLE III. *Imitée de l'allemand de M^r. Pfeffel.*

Des monstres nés de l'ignorance,
Des charlatans pétris d'erreurs,
En Asie autrefois devaient leur existence
A la crédulité de maints adorateurs.
Un jour un docteur en magie
Chargé de nombreux talismans,
Vint offrir aux yeux de l'Asie
Tout l'attirail de la féerie,
Pour s'enrichir à ses dépens;
Filtres, miracles, amulettes,
Tout pour lui n'était que des jeux;
Il savait conter ses sornettes
Et débitait ses drogues de son mieux.
Voyant que la troupe imbécille
Se précipitait sur ses pas,
Remarquez-vous, dit-il, ce nuage mobile?
Eh bien! je vais le fondre en perles, en grenats;
Au même instant agitant sa baguette,
La nue à ses yeux crève et le cortège entier
Se confond; s'élance et se jette
Sur le trésor qu'a produit le sorcier.

En effet, la plaine blanchie
Offrait, aux yeux, des perles à foison ;
Mais les badauts chargés des dons de la magie,
Virent entre leurs mains se fondre leur moisson ;
Car les perles enfin n'étoient que de la grêle.
Du coupable à l'instant on résolut la mort ;
    Celui-ci prévoyant son sort,
    N'en attendit pas la nouvelle.
    Sûr de trouver des adhérens
    Dans tous les climats de la terre,
    Il passa sur notre hémisphère ;
    C'est là que pour les ignorans
    Il a su fonder une chaire
Où l'on débite encor ses filtres, ses onguens.

CHANSONS.

MAL D'AMOUR ET SON REMÈDE.

Hélas ! qui peut voir sans pitié
Un enfant jeune et faible encore ;
Il ne connait que l'amitié,
C'est pour elle qu'il nous implore.
    Les plaisirs viennent tour-à-tour :
Naitre et voltiger sur ses traces,
C'est le vrai portrait de l'amour
Dessiné par la main des graces.

Il va bientôt compter quinze ans :
De l'amour ce n'est plus l'emblême ;
Il quitte ses jeux innocens,
Et c'est déja l'amour lui-même.
Dès le moment qu'il sent son cœur
Tout le blesse et le décourage,
Que je le plains ! c'est une fleur
Qui voudrait éviter l'orage.

Son esprit s'agite aisément,
Son regard se trouble et s'allume ;
Il croit nourrir un feu brûlant
Qui le déchire et le consume.
Si l'objet qui reçoit ses vœux
D'aimer lui fait passer l'envie,
Il se croit souvent trop heureux
De regagner la maladie.

Écoutez-moi, jeunes amans,
Et vous que l'amour persécute,
Vous guérirez de vos tourmens,
Mais redoutez une rechûte.
Il peut bien arriver qu'un jour
L'amour vous blesse et vous obséde,

Eh bien ! l'hymen guérit l'amour ;
Je n'y sais point d'autre remède.

L'AMOUR ET L'ESPÉRANCE.

ELISE, nn véritable amant
De la constance est le modèle,
Quand son amour a pour garant
La promesse d'un cœur fidèle.
Il se répète chaque jour
Malgré les jaloux et l'absence ;
Je conserverai mon amour
Aussi long-tems que l'espérance.

Hors l'objet qui charma son cœur,
Il n'est rien qui puisse lui plaire ;
Son amante fait son bonheur,
Il ne voit qu'elle sur la terre.
S'il en est payé de retour,
Il sait tout souffrir en silence ;
Le tems vient doubler son amour
Et couronner son espérance.

Mais s'il n'obtient que la rigueur
Et le mépris d'une cruelle,

Il cherche à calmer sa douleur
En pardonnant à l'infidèle ;
Il voudrait pouvoir à son tour
Imiter sa folle inconstance ;
Mais il conserve son amour
Quand il a perdu l'espérance.

PLAINTE D'AMOUR.

Las d'espérer et de se plaindre,
Lucas troublé disait un jour :
Qu'il est cruel de se contraindre
Près de l'objet de son amour !
L'oiseau du moins sous le feuillage
Ne connaît pas un tel tourment ;
Il brûle, il soupire, il s'engage,
Et c'est l'affaire d'un moment.

Pourquoi plus tendre et plus fidèle
L'amant n'est-il pas plus heureux ?
Pourquoi la contrainte cruelle
Vient-elle, hélas ! glacer ses feux ?
Il en gémit, il en murmure,
Rien n'est égal à sa douleur ;
Il obéit à la nature,
Et la raison glace son cœur.

Si je prens l'oiseau pour modèle,
Dit Lucas, j'entends la raison :
— Ah ! jeune insensé, me dit-elle,
Fuis l'amour, ce n'est qu'un poison; —
Hélas ! c'est un poison peut-être,
Mais je lui réponds à mon tour :
Dans l'amour j'ai trouvé mon maître,
Et je n'obéis qu'à l'amour.

LA CRUCHE DE LISETTE.

Vers la fontaine de Jouvence
Lise un jour dirigeait ses pas;
Son cruchon et son innocence
Étaient alors tous deux intacts.
La belle fredonnait seulette
En cheminant, un air nouveau;
Gare la cruche et la fillette
Quand on est seule et qu'il fait chaud.

Un amant comme il en est tant
La voit venir et puis la guette :
Bon soir, dit-il, la belle enfant,
Bon soir, Monsieur, lui dit Lisette.

Le fripon lui saisit la main ;
Par malheur Lisette trébuche,
Elle soupire, elle se plaint,
Et ne relève que sa cruche.

Un autre jour négligemment,
Sur le chemin de la fontaine,
Lisette s'en allait rêvant
Et revenait sa cruche pleine.
Nul amant n'était aux aguets ;
Lise distraite et courroucée
Se heurte, et contemple les tets
De la cruche qu'elle a cassée.

Ainsi la cruche et l'innocence
Coururent le même danger ;
Mais Lise acquit de la science
Et rendit son poids plus léger.
Dans ce monde où tout est fragile,
Où rien ne peut durer long-tems,
Vantez à fillette nubile
La fontaine des innocens !

LES FORMES RONDES.

Sur quel sujet vais-je m'étendre !
Mes amis, ce n'est pas sur vous,
Je crois en connaître un plus tendre,
J'espére en trouver un plus doux.
Je choisirai les formes rondes
Que nous offre plus d'un tendron ;
Je prendrai les brunes, les blondes
Pour le thême de ma chanson.

Sachez que j'aime dans le sexe
Les endroits les mieux arrondis ;
Un contour moëlleux et convéxe
Est à mes yeux du plus grand prix.
Si pour la ligne circulaire
Je montre toujours du penchant,
Apprenez qu'un double hémisphère
M'a nourri quand j'étais enfant.

Assis sur les bancs de l'école,
Déja novice troubadour,
J'y pris du goût pour l'hyperbole
En m'occupant trop tôt d'amour.
Si j'arrondis ma période

Et si je tourne un compliment,
C'est qu'autrefois j'ai pris la mode
De tout faire aller rondement.

Malgré la raison que j'ajourne,
Je ne suis plus passionné;
Je sens que la tête me tourne
Pour avoir jadis trop tourné.
Si vous aimez les formes plates,
Faites, Messieurs, grace à mes ronds;
Soyez, s'il vous plaît, des Socrates,
Mais laissez rimer les Pirons.

LA SALADE.

Air: *L'amitié vive et pure.*

Moderne gastronome,
Berchoux chanta le gigot:
Sur la poire et la pomme
Ce poëte a dit son mot;
Mais pour qui n'est pas malade
Ses repas sont incomplets;
Il oublia la salade,
Je vais en faire les frais.

D'abord ma jardinière
Cultive dans leur saison
  La chicorée amère,
La moutarde et le cresson.
Je ne tairai pas son zèle,
De crainte de l'affliger,
Car, jusqu'à la pimprenelle,
Tout croît dans son potager.

Ma jardinière ignore
Si l'huître naît dans les bois,
  Quel terroir voit éclore
La sardine, ou bien l'anchois.
Mon pourpier et ma laitue
Par elle sont mieux soignés ;
Une salade inconnue
La ferait saigner du nez.

Près d'elle je m'oublie,
Et quand je fixe ses traits
  La salade m'ennuie,
Mes replants sont sans attraits
De la saison printanière
C'est la plus belle primeur,
Oui, toujours ma jardinière
Aura des droits sur mon cœur.

Je chantais la salade;
Mais par l'amour emporté,
J'ai fait une escapade
Au profit de la beauté.
Lorsque l'amour me lutine
Je ne pense plus à rien;
Ma salade me chagrine
Ai-je tort, ou fais-je bien?

Du fruit cher à Minerve
J'y distillerai le jus,
Bien content qu'on vous serve
Épices, sel et verjus.
Messieurs, voilà la salade
Que j'ai su vous préparer;
Et douce, piquante ou fade,
Tâchez de la digérer.

LA MOUTARDE.

Air: . . . .

Déja j'ai chanté la salade
Sur un son aigre et discordant,

Si ce sujet vous parut fade,
J'en vais choisir un plus piquant;
Vous aimez, dit-on, la moutarde,
Messieurs, je vais vous en donner;
Mais pardonnez si je vous garde
      Moutarde après dîner.

Auprès de gente pastourelle
J'ai failli trébucher cent fois ;
Pour me soumettre la cruelle,
L'amour épuisa son carquois,
Toujours ce petit *sans-culotte*
Fit ce qu'il put pour me damner;
En vain je veux parer sa botte,
      Moutarde après dîner.

J'ai voulu gravir le Parnasse
Comme maints poëtes fameux,
Auprès de vous marquer ma place,
Ou bien m'asseoir à côté d'eux.
J'ai chanté l'amour sous la treille,
Mais je n'ai fait que fredonner.
Sur le soir ma muse s'éveille,....
      Moutarde après dîner.

Comme l'athlète armé du ceste,
Des combats je subis le sort,
L'aigreur, de l'espoir qui me reste
Briserait le frêle ressort ;
J'entrevois un destin prospère
Que le tems va nous amener ;
Nous serons heureux, je l'espère,
Moutarde après dîner.

Peut-être un jour serai-je sage,
Dis-je, à part moi, d'un air vainqueur,
Je vais faire un meilleur usage
De mon esprit et de mon cœur.
Je dis, mais gagnant de vîtesse,
Le Diable vient nous brandonner ;
Trop tard il nous trouve à confesse,
Moutarde après dîner.

Souffrez que l'aimable folie
Au tendre amour donne la main,
En cette retraite chérie
Où j'ai crayonné ce refrain :
Dans trente ans puissions-nous encore
Rire, boire et déraisonner,
Cueillir la rose et l'ellébore !....
Moutarde après dîner.

CONTE.

Cythère est un pays charmant
Que chacun admire en passant;
Vénus y fixa son empire,
On y suit ses loix sans mot dire;
On n'y voit pas, comme chez nous
D'amans malheureux et jaloux,
De cœurs où règnent les allarmes;
Les yeux n'y versent point de larmes;
Les dégouts, les pâles couleurs,
Les longs soupirs et les rigueurs
En sont bannis par la déesse.
On y folâtre, on s'y caresse
Tous les jours et toutes les nuits,
Sans y connaître les ennuis.
Si pourtant le fait est sincère,
On raconte qu'une bergère,
Revenant de ce pays-là,
Dit: Mon Dien, n'est-ce que cela!

MADRIGAUX.

I.

Psyché jadis plût à l'Amour;
Il en fit son épouse;

Elle effaçait l'éclat du jour,
  Vénus en fut jalouse.
L'amour ne devint point jaloux,
  Mais il resta fidèle.
Pour Psyché, Madame, c'est vous,
  Pour l'amour, devinez-le.

II.

Si mon amour aujourd'hui vous déplaît,
    Iris, soyez moins séduisante;
  Je vous le dis, dussé-je être indiscret,
Votre esprit me ravit, votre beauté m'enchante.
      Eh! qui pourrais-je aimer que vous?
      Iris, contre un cœur qui s'oublie,
    A quoi sert-il de s'armer de courroux?
Est-ce ma faute à moi, si vous êtes jolie.

III.

    Timarette m'a quitté,
  Je pardonne à la cruelle;
  Peut-être ai-je mérité
  Ce que je souffre pour elle.
  Mon cœur s'enivrait d'espoir....
  Ah! pourquoi l'ai-je connue?
  J'étais heureux de la voir,
  Et je meurs de l'avoir vue.

IV

IV.

De vous aimer je ne pus me défendre ;
Je vous aimai, vous m'en punissez bien.
Vous m'ordonnez aujourd'hui de vous rendre
Tout votre amour, et je garde le mien.

V.

Si ton cœur répond à tes charmes,
Si ton amour égale ta beauté,
    L'amour peut me couter des larmes,
    Mais je les aime en vérité.
    Prens mon cœur... je te l'abandonne :
C'est peu.... mais à ce don il faut bien me borner ;
    Elise aurait une couronne,
    Si l'amour pouvait en donner.

VI.

Non, je n'ai pas le privilège
Ni le droit de vous écouter,
Et votre amour me tend un piége
Qu'avec soin je dois éviter.
Mais sur l'amour c'est en vain qu'on raisonne
Quand le cœur commande au devoir ;
Vous m'aimez!... je vous le pardonne
Si je suis seule à le savoir.

A M.ʳ G**, *jour de sa naissance.*

La vie est un pélérinage
Que chaque homme entreprend et termine à son tour.
Alors que le plaisir abrège le voyage,
On croit qu'il n'a duré qu'un jour.
Est-on parfois en butte aux périls, à l'orage,
Aux passions, aux regrets, aux tourmens,
Sans détour l'amitié nous arrête au passage
Et d'un regard nous dédommage
Des peines de la route et des dangers du tems.
Vous le suivez d'un pas tranquille,
Ce chemin scabreux et glissant;
L'amour vous l'a rendu facile,
Et le plaisir pour vous s'y rencontre souvent.
Ménagez ce bonheur; le tems qui nous l'envie
Voit d'un air triomphant tous nos projets déçus;
Avancez malgré lui sur une pente unie,
Et reculez long-tems le moment de la vie
Où vous ne voyagerez plus.

LE DON DE LA CHARTE.

Napoléon régnait, et la France étonnée
Qu'un despote au hasard commit sa destinée,
Du passé chaque jour osait se souvenir,
Et demandait au ciel un plus doux avenir.
Les larmes qu'en secret on lui voyait répandre,
Désespéraient les cœurs qui savaient les comprendre.
Quel démon, disait-elle, abreuve de mépris
Et mon antique honneur et la splendeur des lys,
Dépeuple mes cités, tout ivre de carnage,
Et de mes vieux Gaulois fait un peuple sauvage.
Déja, dans mes malheurs, j'ai puisé des leçons ;
Eh ! que n'entends-je encor ces rustiques chansons
Que répétait jadis tout un peuple fidèle ;
La gloire, je le sais, pour lui n'est pas nouvelle.
Les Romains autrefois m'ont apporté des fers ;
Leur sang les a rougi, si je les ai soufferts.
Naguère je me vis par l'Europe envahie,
Mais ma gloire était là, qui ne m'a point trahie.
Ainsi parlait la France, et LOUIS l'entendit ;
La voix de la patrie en son cœur rétentit.
Il doit, prêt à revoir cette France si chère,
Méditer son bonheur dans une île étrangère,
Etudier ses mœurs, ses besoins, ses penchans ;
Et la traiter en père, ami de ses enfans.

« Oui je vais, a-t-il dit, adoucir leur disgrace :
Qui pleura sur sa faute a mérité sa grace.
Quelle que soit l'erreur, je la blâme à regret.
Je pardonne, j'oublie, et je suis satisfait.
La France... que ce nom me charme et me console !
La France, après mon Dieu, fut ma première idole ;
Un pacte solemnel devra l'unir à moi,
Son premier citoyen s'appellera son Roi.
Ce Roi, seul, doit avoir le pouvoir tutélaire
D'exécuter la loi, le peuple de la faire.
A d'anciens souvenirs unissant les nouveaux,
Je veux que les Français près d'elle soient égaux ;
Ils sont tous mes enfans : à trop de préférence
Je n'immolerai point mon amour et la France.
Egaux devant la loi, qu'ils soient libres encor !
La liberté jadis fit croire à l'age d'or.
Mais c'est peu que la loi la régle et la tempère,
Si la religion n'éclaire la chaumière
Ainsi que les palais d'un feu pur et sacré,
Si le Dieu de Clovis n'est partout révéré,
Alors la liberté dégénère en licence ;
Belle, mais dissolue, on tremble en sa présence.
J'entends que dans l'Etat chacun soit respecté.
Je consacre les droits de la propriété.
Je conçois trois pouvoirs dans une Monarchie :
Ces pouvoirs sont : Le Roi, le Peuple, la Pairie.
En respectant les vœux émis dans ce contrat,
Ils conduiront au port le vaisseau de l'Etat,

Ce vaisseau que les vents, les écueils, la tempête
Ont menacé cent fois d'une perte complète.

Autour de ce contrat venez vous rallier,
A le garder, Français, je serai le premier ;
Lisez et relisez, et que nul ne s'écarte
Des droits et des devoirs que lui prescrit la charte.
Alors, Français, alors à nos derniers neveux
Nous aurons préparé des destins plus heureux. »

Radieuse, à ces mots, la France prosternée
Se relève, en fêtant le printems de l'année,
Salue avec transport son vrai libérateur,
Et d'un amour royal vient enivrer son cœur.
Qu'il vive, a-t-elle dit, ce Roi dont la pensée
Par le tems, le malheur et l'absence aiguisée,
Méditant mon bonheur, celui de mes sujets
Vient me rendre à-la-fois l'existence et la paix.
Qu'un triomphe éclatant signale sa rentrée ;
Que le ciel de ses jours prolongeant la durée,
Accomplisse ses vœux, bénisse ses projets,
Et qu'il soit à jamais l'idole des Français !

ÉPITHALAMES.

A M.ʳ F. PASTEUR.

Ah ! qu'il est froid, ce raisonneur
Qui vient, dans un épithalame,

Vous apprendre où git le bonheur,
De l'amour il éteint la flamme,
L'esprit est l'ennemi du cœur.

Je ne viens donc pas vous instruire
Des plaisirs qu'on goute en aimant;
L'amour fut toujours un enfant
Que la raison n'a pu conduire;
Bien raisonner est un talent,
Bien aimer est un vrai délire.

A présent vous êtes époux,
Et vous serez époux fidèle,
La nature fit tout pour vous;
Dites : que ferez-vous pour elle ?
Dans les douceurs du sentiment
Vous passerez votre jeunesse,
Et vous demeurerez amant
Jusqu'à la dernière vieillesse.
Si l'amour est une faiblesse,
Le méchant seul en est exempt.
Il lutte avec l'indifférence,
Il s'abandonne à ses désirs,
C'est là toute sa jouissance;
Mais en est-il hors des plaisirs ?

Je crois vous voir dans votre *cure*
Entre l'amour et la raison,
Tantôt disciple d'Epicure,
Tantôt disciple de Platon;

Aujourd'hui prêcher la morale
A des sages agonisans,
Demain, d'un cœur que rien n'égale
Faire une heureuse et des enfans.

Ne craignez pas que je m'amuse
A vous accabler de mes vœux ;
Ils ne pourraient trouver d'excuse
Qu'auprès d'un amant langoureux.
Quant à moi je vous connais mieux,
Car vous avez tout en partage ;
Vous possédez l'art d'être heureux,
Que vous faudrait-il davantage ?...

II.

On dit qu'un enfant coupable
Dans l'hymen fait nos tourmens,
Que ce monstre insupportable
Nous rend jaloux, inconstans,
Qu'il a l'air doux et traitable,
Bon, affable, caressant,
Qu'il se conduit comme un diable
Et parle comme un enfant.
Croyez-moi, c'est une fable,
L'amour est très-innocent.
Nous lui prêtons nos faiblesses,
Nos travers et nos défauts ;
Nous oublions nos promesses.
Et lui seul cause nos maux !

Non, l'amour n'est pas volage,
Mais il puise dans nos cœurs
Tous les défauts de notre âge
Et tous ses sermens trompeurs:
Pour celui qui le ménage
Le bonheur n'est pas douteux,
Le plaisir est son ouvrage,
C'est lui seul qui rend heureux.
Il veut de la confiance,
Des égards, un cœur constant,
Jamais celui qui l'offense
Ne le fait impunément.
C'est avec vous qu'il espère
Gouter des plaisirs nouveaux
Car dans votre caractère
Il perdra tous ses défauts.
Oui, pour vous que l'hyménée
Unit par des nœuds charmans,
Une heureuse destinée
Va remplir tous vos instans.
Si par un riant partage
Vous en donnez la moitié
Au Dieu qui ne rend pas sage,
Gardez l'autre à l'amitié.

III.

Le cœur est tout, il conduit au bonheur.
Nous connaissons certain auteur

Qui

Qui mesurait le plaisir sur sa taille.
Tous les amans sont d'accord sur ce point,
Et l'on prétend qu'il n'en est point
A qui le cœur manque ou défaille.
Mais je ne comprens pas ce qu'y fait la grosseur
Et mainte femme à mon avis préfère
Beaucoup d'amour avec un petit cœur
Qu'un gros cœur avec le contraire.
Oubliez donc ce raisonneur ;
Qui raisonne sur ce qu'on aime
Est un mauvais auteur d'un plus mauvais système.

Vous qui savez faire l'amour,
Car je ne doute pas de votre savoir faire,
Au Dieu que vous servez adressez en ce jour
Cette simple et courte prière :
Permets, Amour, que dans vingt ans d'ici
Toutes nos nuits soient comme la première,
Tous nos jours comme celui-ci.

IV.

*A Me J. née B.***

Vous n'aviez pas encor quinze ans,
Et déja vos charmes naissans
Défiaient ceux de vos rivales ;
Vos graces aux leurs trop fatales
Allumaient dans leurs cœurs des sentimens jaloux.

L'amour vous prenait pour sa mère ;
C'est elle, disait-il, et pourtant c'était vous.
A l'age où plus d'une bergère
Craint d'écouter un doux aveu,
Vous eussiez fait la conquête d'un Dieu.
Oui, je vous ai vu dans nos fêtes
Déployant à nos yeux des attraits enchanteurs,
Y déranger toutes les têtes,
Puis y subjuguer tous les cœurs.
L'hymen aujourd'hui vous inspire,
Et vous abjurez un empire
Dont nous bénissions les rigueurs.
Cet empire est à vous, comment nous en défendre ?
En est-on moins jolie alors qu'on est plus tendre,
En a-t-on moins d'adorateurs ?
Acquittez-vous des doux soins d'une mère,
Suivez les lois du plus aimable époux,
Partout vous charmerez, partout vous saurez plaire
Comme vous plaisiez parmi nous.
Partout vous trouverez les plaisirs sur vos traces,
L'époux qui vous est cher préviendra tous vos vœux,
Et vos enfans un jour, héritiers de vos graces,
Rendront, n'en doutez pas, tous vos instans heureux.

V.

Vénus, toi qui sortant de l'onde
Au crépuscule d'un beau jour,

Fixas un regard sur le monde,
Et donnas naissance à l'amour.

Peu sensible aux faveurs *mortelles*,
Tu pris ton essor vers les cieux ;
Et là, de faveurs éternelles
Tu t'enivres avec les Dieux.

Souviens-toi quel fut ton empire
Alors qu'aux noces de Téthis,
De la beauté pour un sourire
Un berger t'adjugea le prix.

Disputant le titre d'épouse
A la reine des immortels,
D'une rivale trop jalouse
Tu sus renverser les autels.

Aujourd'hui que l'hymen couronne
Les vœux que forment deux époux,
Descends un instant de ton trône
Et prens place au milieu de nous.

Eh qui pourrait t'y faire ombrage,
Quand tout le cède à ta beauté ;
Quand chacun te porte l'hommage
Qu'inspire ta divinité ?

Mais que dis-je ? la jalousie
T'y livrerait d'affreux combats ;
Une mortelle te défie
Par sa fraîcheur et ses appas.

Tous les cœurs se tournent vers elle ;
Pour un époux, ah ! quel trésor ;
Et l'on répète : ah ! qu'elle est belle !
Mais elle seule en doute encor.

Partout le bonheur l'accompagne ;
Et n'en déplaise à tes beaux yeux,
Vénus, c'est l'heureuse compagne
D'un mortel sage autant qu'heureux.

VI.

Enfin l'amour a, par ses ruses,
Détruit de séduisans projets ;
Comme il façonne bien le cœur de ses sujets !…
L'amant qui chérissait la liberté, les muses,
Abjurant des dieux étrangers
Qui le croirait ? confesse aujourd'hui son martyre,
Ses tourmens, ses erreurs au Dieu qui d'un sourire
Dompte les rois et les bergers.
Adieu, vous tous, Clio, Melpomène, Thalie,
Vous ne le verrez plus embrasser vos genoux ;
Frédérique plus tendre et surtout plus jolie,
Effaçant tous les noms de la Mythologie,
Veut qu'il soit pour toujours en divorce avec vous.

Vous serez constant et sincère ;
Oui, M**, vous l'avez promis ;
Mieux vaut voyager à Cythère
Que d'aller voir Rome et Paris.

Soignez votre maison , labourez votre terre ;
Et vous verrez incessamment
Les enfançons du plus aimable père
Qui casseront son testament.
Amour à la beauté qui vous rendit sensible
Et vous enchaîna sous ses loix ,
Avec elle ce Dieu vous rendra tout possible ,
Mais sur vous l'amitié réclame encor ses droits.

VII.

A M.ʳ H. B.**

Bon Dieu! quelle métamorphose ,
Henri se change en Alcyon ;
Et sur la mer fonde , dépose
Et sa fortune et sa maison.
De l'ambre gris, de l'ambre jaune ,
Du nectar qui vieillit à Beaune ,
Il va faire un trafic lointain ,
Et sur nos côtes faméliques
Verser les produits exotiques
Du double rivage indien.

Il a choisi pour sa compagne
La colombe chère à Vénus ,
A Vénus , ayeule d'Ascagne ,

)(

Et d'autres amours ingénus,
De cet hymen que Dieu protége
Va sortir un nombreux cortége
De néréides, de tritons,
Pour leurs graces, pour leurs mérites,
On nommera Neptaphrodites
Ces maritimes rejetons.

Hermés, que votre caducée
Protége ses frêles vaisseaux,
Guidez sur la mer courroucée
Et ses ballots et ses tonneaux.
Ne souffrez pas que la boussole
Devienne le jouet d'Éole,
Qu'Alcyon soit celui du sort,
Mais faites que l'*Iphigénie*
Bien lestée et sans avarie,
Au *Havre* revienne à bon port.

Et vous, séduisante Aphrodite,
Mère des ris et des amours,
Donnez à votre favorite
D'heureuses nuits et de beaux jours,
Qu'auprès d'une épouse accomplie
Henri gaîment passe sa vie
A rêver de brillans succès;

Que la fortune le séduise
Et qu'enfin elle réalise
Tous les songes qu'il aura faits.

VIII.

*A Mr B.**, chevalier.*

C'est assez cueillir de lauriers
    Dans les champs de Bellone,
Illustres et preux chevaliers
    Que la gloire couronne;
Venez, venez tous à l'amour
    Faire amende honorable,
Et laissez-vous séduire un jour
    Par quelque objet aimable.

Jamais vaincus, toujours vainqueurs,
    La beauté vous préfère,
Vous savez triompher des cœurs
    Et subjuguer la terre;
Auprès de l'amour cette fois
    Laissez dormir la gloire,
C'est assez.... déja vos exploits
    Sont gravés dans l'histoire.

Des ennemis et des amans
Toi qui, par ton adresse,
Sus toujours éclaircir les rangs
Et plaire à ta maîtresse,
Ami, ton amante en ce jour
Te répète attendrie :
B... d. sois fidèle à l'amour
Autant qu'à la Patrie.

Époux, croyez que le bonheur
N'est qu'au sein du ménage ;
Louise le sait, et son cœur
L'y fixera, je gage.
Si l'hymen viole quelquefois
Des promesses certaines,
Un chevalier, d'honneur, je crois
Ne trahit pas les siennes.

IX.

Protégez ce couple amoureux,
Venez, jeunes amans, prenez part à sa fête ;
Secondez ses efforts, il consent d'être heureux,
Mais n'allez pas à l'époux valeureux
Nouer aujourd'hui l'aiguillette.
Le tour serait mauvais de la part des amours

S'ils troublaient dès les premiers jours
La paix de ce charmant ménage,
L'épouse gémirait, l'époux ferait tapage.
Cela n'est pas à redouter;
De Fanny la vive tendresse,
Ses attraits, sa beauté, ses grâces, sa jeunesse
Suffisent pour tout enchanter.
Vive l'époux dont elle est la compagne,
Qu'il fasse en tout tems son bonheur,
Vive Fanny, que l'amour l'accompagne,
Et que tout cède aux désirs de son cœur !

———

X.

Jadis l'amour, fier de sa gloire,
Égalait les plus grands guerriers,
Autre combat, autre victoire,
Fille à vingt ans, nouveaux lauriers.
Trève d'amour, disait la belle,
Guerre, répondait le héros.
De guerre en guerre la cruelle
Se trouvait esclave à Paphos.

Ainsi, dans toute la nature,
Ses ennemis et ses sujets,
Malgré verroux, grille et clôture,

Furent toujours serrés de près.
Aimez, disait-il, sachez plaire,
Voulez-vous? vous ne voulez pas?
C'est bien pour moi la même affaire,
Car vous mettrez tous armes bas.

Alors qu'on craignit sa colère
Et ses redoutables assauts,
Mainte fillette en volontaire
Vint se ranger sous ses drapaux ;
Toutes dans d'ardentes prières
Disaient : Amour, secourez-nous ;
De myrtes ornez nos parterres,
A nos vœux donnez des époux.

A votre insçu ce petit maître
Dès long-tems vous lorgnait aussi ;
Il feignait ne pas vous connaître,
Il est fripon, fiez-vous-y.
Mais il s'écria : Point de grace,
Qu'elle se range sous ma loi ;
Il est tems que la belle y passe
Ou qu'elle me dise pourquoi.

Dieu d'amour, qu'elle soit heureuse,
Ou bien laissez-là vierge encor !
Elle est jeune, sage, amoureuse,
Filez pour elle un siècle d'or.
Voilà mes vœux, chère Sophie,
Ce sont ceux de tous vos amis ;
L'amour, sans doute, à notre amie
Tiendra ce qu'il aura promis.

Mais puisque l'amour vous emmène,
Et que l'hymen est du complot,
Y consentirions-nous sans peine,
Jugez ; mais partez, il le faut.
Trouvez le plaisir, la constance
Dans les bras d'un aimable époux ;
Et puis laissez-nous l'assurance
De penser quelquefois à nous !

ÉPITAPHE DE M.ʳ G**. Pasteur à S.ᵗ Julien.

DE la troupe fidèle à sa garde commise
Il fut le protecteur, le père, l'ornement ;
Ses enfans qu'il aimait, le monde, son église
Le regrettent également.

FIN.

AVERTISSEMENT.

Les fautes de typographie, qui se sont glissées dans cet Ouvrage , ne méritent pas , attendu leur peu d'importance, d'être indiquées d'une manière plus spéciale. Le Lecteur fera lui-même, en parcourant ces pages, les corrections nécessaires.

— Il est inutile de dire que l'Auteur place son Ouvrage sous la protection des loix.